给 Nadia，谢谢你总是开导我。

给 沛沛，你有比我更美好的想象力。

It's Your
Life

吴大伟 著

人生
电影院

湖南文艺出版社
HUNAN LITERATURE AND ART PUBLISHING HOUSE　博集天卷
CS-BOOKY

Contents

目　录

人生电影院
It's Your Life

Story
Story
Story

Talks

Talks

你还是一个遥远的陌生人吗？

而我在等待你，

完整我的人生。

Story

Story

人生电影院
It's Your Life

你有机会靠近星星，但是你会因为失重漂流在无尽的太空，然后缺氧而死。

你也可以坐着豪华的飞船离开，回到地球过幸福的日子，但是从此以后，你就只能在夜晚遥望那颗星星。

毕竟你曾经靠得那么近，只要伸手，就可以碰到。

吃回忆的人 ▬

吃过一些回忆，也就像看过许多电影。找我倾诉的人，形形色色都有，年长者不易开口，年轻的人总是一肚子故事。但即使是年轻人，差异也大得离谱，有的人看着悲恸得死去活来，故事却平平无奇，有的人被伤痕磨蚀，内心却成长得愈发强壮。我喜欢这些从伤痛中缓过来的人，他们能够自愈的心，闪闪发光。

但他们找到我，都带着相似的目的，想要放下回忆，继续前行。

"你是陌生人，所以我觉得告诉你也没什么关系了。"

我眼前这个女生，叫作三琪。

我留意她有一段时间了，她每次都在这家咖啡厅买两杯咖啡，一杯热一杯冷，店员问她现在喝还是带走的时候，她总是有点做作地说 take away，脸上一副阳光灿烂的样子。

有一两次，她是从黑色的保姆车上下来的，戴着墨镜。我有一次坐在靠窗户边的座位看到她，本来也没多留意，但是我看得出来她在刻意放缓下车的时间，似乎想要获得周围多一点的瞩目。

总会有 两个路人满足她，向她那边张望，以为车里藏着什么大人物。

而我知道，她憋着这件事情很久了。

接下来开始，我会从三琪的视角来重新看一遍这段回忆。

所以我就是三琪，你就是三琪。

～～～

我第一次看到他是在朋友的快递箱里，这么说起来好像有点恐怖，哈哈哈，严格来说，是在快递箱寄来的专辑封面上。

专辑封面上有十个人，但是我一眼就看到了他，虽然他不在正中央，但是就是里面最耀眼的人。我凑过去问我朋友他叫什么名字，我朋友说："啊！你也喜欢他，我也最喜欢他，他是这个组合里面的队长，来来来，我来给你好好安利一下。"

后来我才知道，原来他是这个韩国男子组合里面最受欢迎的一个人，知道的当下我心里其实还有点不爽，我以为就我看到了他的特别之处，原来好看的男人和好看的包包一样，女生都很会挑。

我朋友喜欢他喜欢得有些夸张，我曾经在心里骂过她是脑残粉，因为她就是那种天天把偶像挂嘴边的人，我觉得这样太幼稚了，欣赏欣赏还不错，上脑就过了。

后来我就开始慢慢在网上留意他的消息，看他参加韩国综艺的视频，还是不得不佩服韩国造星团队的厉害，和国内的造星方式完全不同，质感也很不一样。渐渐地就越来越喜欢他，关注他的密度也变得越来越频繁。

不太方便透露他的名字，就管他叫O吧。

后来和O认识，是因为一场婚礼。

那是我一个模特朋友的婚礼，以前当模特拍片的时候和新娘还挺熟，所以我被分到了挺靠近主桌的一桌，到的时候人还没来齐，同一桌才来了两个，我按照名字坐了下来，我两边的人都没来。

坐下的时候，发现对面坐着一个男生，长得还不错。我看他的时候他也刚好看了我一眼，他朝我点点头，算是打招呼。我回应他，咧开嘴笑了一下。心里在想自己是不是在哪个聚会上见过这个男生但自己忘了，但得出的结论是没有。

我担心尴尬，下意识地低头拿出手机划了两下朋友圈。

结果对面那个男生直接拿着他的名牌和我身边的人的名牌换了过来，在我旁边坐了下来，他的名牌上面写着陆康。

我索性主动打了个招呼："Hi，陆康，你好。"

"幸会，幸会，袁三琪同学，不介意一起坐吧。"他笑嘻嘻的样子倒不让人讨厌。

"没事，陆同学你是 cai 的朋友？"我问，cai 是新娘。

"我是老张的朋友。"他回答，老张指的是新郎，"三琪同学，我在微博上见过你。"

"是吗，什么时候？"

"你有一组在日本拍的片子吧好像，你身边有很多梅花鹿的。"

"噢噢，我知道了，那是我接的一个广告。"

"哈哈，@三琪没四啊，是吧。"

"对，哎，你微博叫什么，我看看你。"

我找到陆康的微博，点开相册看了看，基本上都是和朋友出去打篮球的照片和到处出国旅游的照片，我装作不经意扫了扫，然后关掉了手机。

后来我和老陆有一搭没一搭地聊着，没想到越聊越投机，他也是从广州赶过来参加婚礼的，他比我大两岁，家住在二沙岛，家里养一条金毛，大学是在美国加州读的，但是因为要帮家里忙，所以没毕业就回来了。

他起身要上厕所的时候我转头看了一眼，他个子好高。

优质男啊，我在心里说了一句。

后来的事情我觉得还挺顺理成章的，婚礼照常进行，不过我和陆康的注意力都已经不在婚礼上面了，新郎新娘敬酒的时候，我觉得cai一眼就看出来我们俩有状况，还特意嘱咐陆康把我给送回广州。

我也没有推脱，婚礼结束的时候上了陆康的车，他喝了酒，所以叫了代驾，我和他一起坐在后座。

路上我们俩一直在聊天，后来说着说着他就睡着了，头轻轻地倒在我的肩膀上，我一动也不敢动，就这样一路被他靠着回到了广州。

那天之后我们就一直保持微信聊天，隔了两天就又约出来吃饭了。

我来到我们约好的餐厅，一推门进去，发现陆康就站在吧台旁边，我和他打了招呼之后才发现原来店里除了服务员之外一个客人都没有。

"这么夸张，包场啊？"我问他。

"才不是，这是我开的餐厅，现在试营业，请你来试试菜。"

陆康带我往里面坐。

"你们这些富二代。"

"别啊，我可是有目的的，东西好吃的话你要帮我发微博的啊，我的钱都用来装修了，没钱宣传了。"陆康说话让人听着特别舒服自在。

那是一家主题为美式海鲜的餐厅，我和陆康戴着手套干掉了一桶白汁老虎虾、一桶柠檬胡椒北极贝，还有一大桶茄汁带子，好吃到我都不想顾形象了。

吃东西的中途，陆康的微信传来视频通话，我眼角瞥到的时候心里还咯噔了一下，心里浮想联翩，该不会他有女朋友，现在来查岗了吧？富二代一定都是这样，我只不过是其中一个备胎而已。

没等我想多，他就大大方方地脱了手套接了视频。

里面传来一个男生的声音，我顿时放了心。

"Hey，你今年过年什么打算？"那边的人说。

"今年不出去玩啦，我要留下来守我的店。"

"哎哟喂，得了吧你。"

"你不是说今年在国内有演唱会吗，什么时候？"

听到这里，我的耳朵竖了起来，我感觉得出来，陆康是故意说给我听的，他有些炫耀的意思。

我往手机屏幕那里看了一眼。

我看到了 O。

没错，是 O。

我忍着没叫出来。

"我和大美女在吃饭噢。"陆康一边说着一边把摄像头转换到前面，扫了桌面上的吃的一圈。

"×，谁想看你吃的，谁啊？我见过吗？"

这个时候陆康把摄像头转了过来，然后往我身边一凑，我和他同时入了镜，O 就在我面前，虽然是视频聊天，但是我的心都快漏跳了一拍。

他穿着一件很宽松的纯黑色 T 恤，头发是银白色的，我想起今天早上看到的新闻照片，视频里的他和出席服装品牌活动的样子一模一样。

我迅速举起手和他"hi"了一下，举完手之后觉得自己有些傻。

然后他笑了，笑的样子好帅。

他跟我说了句"你好"，听起来没有刚刚和陆康那么放得开，有些害羞的感觉。

我点点头然后躲开了摄像头。

陆康"哈哈哈"地笑了，然后问我："你认识他吗，韩国组合 TOL。"

我点了点头，说："我知道，他叫 O 嘛。"

"想不到你们的知名度涨得那么快啊。"他转头看着手机，"我还以为就一些小女生喜欢你们呢。"

我听着他们俩开玩笑，低着头默默吃东西，感觉自己一时间撞见两位白马王子，脑回路根本就不够用。

他挂了视频之后，开始兴致勃勃地和我讲 O 和他的事情。

原来 O 和陆康是高中同学，同在一个篮球队，O 打的是前锋，陆康是后卫。两个人不是同班的，可是关系要比同班的好很多很多，每天一下课，他们俩就会在走廊里靠着栏杆聊天开玩笑，反正是高中里最铁最铁的哥们儿。

可是后来 O 去了德国念大学，陆康则去了美国，但是两个人的联系依然很密切，直到三年前，O 去了韩国，加入了练习生的培训。然后这个十人组合在去年年初出道了。

陆康笑着说 O 以前因为打篮球皮肤黑得很，现在走偶像路线，经常被他笑称小白脸。

我听着听着，心慢慢没有刚刚跳得那么厉害了，才假装若无其事地说："他们最近是很红啊，我朋友很喜欢他们。"

"这样啊，那等他下次回广州，我们一起约出来吃饭。"

"好啊，我朋友会疯掉的。"

其实我的心里已经快疯掉了。

我起身问他洗手间在哪里，然后快步逃了进去。

我对着镜子大笑了好几声，然后原地转圈跳了好一会儿，才把心情平复下来。

等我回到餐桌，陆康在玩手机，他抬头看了我一眼，说："O 想加你的微信。"

那天晚上吃完饭后，陆康送我回家，下车前我解开了安全带，看了他一眼，我本来可以直接下车的，但是我特意特别认真地看了他，大概过了两秒，他的脸凑了过来，我们接吻了。

那是一个很棒很棒的吻，他有些霸道地咬过来，但是最后却温柔地落在我的嘴唇上。

像我看美剧时候，女主和男主接吻后，闺密总是迫不及待地问她："How about the kiss?" 如果要评价陆康，我会和女主一样回答："The kiss is great."

但是我到底是不是因此成了陆康的女朋友，我不知道。

我不想因为一个吻而小题大做，毕竟我也曾经在酒吧里吻过长得帅的陌生人，仅仅是一个吻罢了，没什么好在意的，大家都是成年人，这没什么。

但我必须承认，我对陆康是有好感的，那天晚上回去之后，我隔一会儿就看一次手机，最后只等到一句晚安，我心里有些失落。

加了 O 的微信之后，我迫不及待地打开了朋友圈，发现只有几张他养的狗的照片，拉到最底，是一张他和他妈妈的照片，那张照片里的他，有一种说不出的温暖和明朗。

O 坦诚地和我说这是小号，公司不让他玩手机，所以只能偶尔上，最后他给了我他的手机号，然后问了我的手机号，说有空给我打。

但我没想到，第二天一早，他就打给我了。

"喂？"

我一听到声音就醒了，但还是假装用含含混混的声音问："嗯？哪位？"

"是我，O，你居然不存我电话。"

"我怎么知道你真的会打给我啊。"其实我早就存好了，备注是 MY O。

"我说会打给你，就会打给你。"他在电话里听起来一副很认真的样子。

然后我听到他身边有人在说韩文，然后大笑，他也跟着笑了，然后回了两句之后旁边的声音就不见了。

"K 跑过来问我这么早给谁打电话，我把他赶走了。"他告诉我。

"哈哈，他好可爱。"

"哪里，他坏得很。"

之后的一个礼拜，每一天早上差不多这个时候，他都会打电话给我。

有的时候他会提前告诉我他一整天的通告，然后我就乐呵呵地在微博和贴吧上面看那些跟行程的妹子发照片，然后给他发微信说我现在网络追星跟到哪里啦，吧啦吧啦吧啦，虽然他没办法回复。

有的时候和他打电话，我会听到同团另外几个中国成员在抱怨昨天粉丝一直跟到了宿舍，还等到了第二天一早。

有的时候我会偷拍我朋友的电脑桌面给他看，那是一张我朋友自己用 Photoshop 合成的，和 O 的合照。

有的时候他会发他吃的东西给我看，然后问我今天在吃什么，他总说想和我面对面吃顿饭。

有的时候他会因为经纪人来了，突然压低声音，悄悄讲话，然后匆匆挂掉。

有的时候，我会觉得我和一个偶像明星，谈恋爱了。

O 告诉我，他准备了一份礼物给我和我朋友，在陆康那里。

我没有告诉陆康我和 O 的事情，我不知道 O 有没有告诉他，但是自从陆康吻了我的那天之后，我们俩之间似乎突然冷了下来，在微信上面聊的时间也不长，他也没有提议要再约出来。

我问他礼物的事情，他让我今天晚上去餐厅找他，我问他能不能带上我朋友，他说 OK。

晚上去的时候，餐厅外面居然已经开始要排队了，我拿出手机，拍了几张餐厅的内景装修，加上一张自拍，把上次就应该发的微博发了，然后 @ 了他餐厅的微博。

服务员给我们留了位置，是我们上次坐的那一张；但是不知道是周围变得有些闹哄哄还是什么，气氛和上次很不一样了。

过了一会儿之后，陆康亲自端了食物出来，他一走近我就调侃他：

"怎么劳您大驾？"

"当然了，有你们捧场才旺啊。"我能感觉到他说话的腔调有些微妙。

我朋友傻傻地在我耳边说："天啊，这店老板长得真帅。"

菜上齐了之后，他递给了我一个信封，让我拆开看。

我打开之后，两张演唱会门票滑落了下来，上面写着 TOL 世界巡回演唱会——成都站，内场的票。

我朋友看到之后抢过票跳了起来："啊！怎么不早说你们有票！我就不用买了！浪费钱哪。"

我抬头看了陆康一眼，问："你去吗？"

他点点头，把干净的手套递了给我。

飞机上我夹坐在陆康和我朋友中间，上了飞机之后，我们就开始呼呼大睡，有好几次我都觉得自己摇摇欲坠，头重得倒向一边，倒着倒着我就靠在了椅了的侧面。

其间空姐派餐吵醒我的时候，我才发现自己一直靠在陆康的肩膀上。

而且，他早就醒了。

陆康忍着笑和我说："你的口水。"我一看，他的白 T 恤湿了一小部分。

我拿了张纸巾擦了擦他的肩膀："没事，口水杀菌。"

他笑得更厉害了。

我们俩之间的气氛终于缓和了一点，不过飞行后半段我还是调整了一下自己的姿势，靠在我闺密的肩膀上睡。

演唱会现场让我起了鸡皮疙瘩。我和闺密从看台慢慢往下走，我没想到喜欢他们的人这么多。

走进内场之后，我抬头环视，黑暗中一片星星点点的样子，我忍不住开始变得兴奋起来。

我在舞台正对面的看台上，看到一大片举着他名字的中文灯牌，比旁边的韩文灯牌要多得多。

"这次饭圈好不团结，灯都是五颜六色的！"我闺密在旁边抱怨。

我们三个坐在一堆长枪短炮的女生旁边，等开场。

灯光变暗，舞台上的屏幕开始倒计时。

不知道是不是因为太靠近舞台，我的心跳都跟着音响传来的声音震动，直到他们集体亮相，我还是一眼就看到了他，他染回了黑色的头发，黑色的眼睛和黑色的瞳孔显得整个人特别深邃鲜明，似乎在现实中有人给他调了对比度，他的每一个动作，都在闪闪发光，他稍微扭扭腰，尖叫就此起彼伏。

我转头看了一眼陆康，发现他用手机录着画面，然后在笑。那是一种真心为朋友感到开心的笑。

内场里的人几乎都站了起来，有的站在凳子上，他们举起双手欢呼，而我就呆呆地看着他，看他不经意调动耳麦的位置，看他随性地跟着做几个动作，然后就走到舞台上和大家互动。

看他被灯光围绕，我想起他给我打的第一个电话，那个瞬间我觉得很甜蜜。

离场的时候我和陆康和闺密避开大片粉丝的通道，走了另一边，刚走出体育馆，一辆保姆车从我们面前开过，一大片粉丝尾随着跑了出来，我们三个向后退了一步，车没有停的意思，直接开走了。

过了一会儿我的手机收到了一条信息："我看到你了。"

我拿起手机回复O，也许是我太敏感了，我觉得陆康看到了。但是我不想顾及那么多了，因为O发来了一条"我想见你"。我回了一条"好"之后，紧接着又回了一条"在哪里见你"。

陆康提议吃消夜，我在等O回复，有些恍神，迷迷糊糊跟着他们上了的士。

过了很久，我都盯着手机的微信，陆康在前面问我想吃什么，我说都可以，心里在想待会儿如果要去见O，要用什么借口和闺密、陆康说，我知道我这样很不够意思，但是我已经进了坑，爬不出来了。

隔了很久O一直没有回复，我们俩在一家海鲜店坐了下来，陆康看出来我有些不对劲，所以也没有问我的意见，直接就点菜了。

然后手机一振，我连忙拿起来看，是陆康问我的："他约你见面吗？"我抬头看了他一眼，他若无其事地帮我们拆碗筷的包装膜。

这个时候 O 也回我了："楼下粉丝太多了，不方便，澳门演唱会的时候你们一定要来，我们在澳门见，好吗？"

我回了一句："好。我在外面和他们吃东西，你好好休息。"

然后我退出对话，点开和陆康的对话框，回了他一句："没有，家里有些事情。"

O 问我："你是不是不开心？"

我没有回复。

没等到 O 的澳门演唱会，就传出 O 要单飞的消息。

饭圈里面一片混乱，有人骂，有人挺，他的微博下面，置顶的热门评论都是在说他背弃团队，忘恩负义。

我闺密当然是义无反顾站在 O 这边的，痛骂韩国经纪公司做事不人道，不然怎么会把人给逼到走这一步。

我倒没有太紧张，因为他在出事前一天给我留了一条信息："澳门演唱会我不会去了，这边有些问题，你别急，等我找你。"

看到这条信息我就隐约猜到了，只是没想到那么快，隔天的热门话题就是 O 脱团的新闻。

接下来几天的舆论愈演愈烈，因为澳门演唱会临近，全体队员因为少了一个，需要连夜临时调整队伍，O 激起了很多粉丝的口诛笔伐，不得不关掉了微博评论。

紧接着又爆出 O 的经纪人的语音，大意是说 O 配合度不高，公司高层不满意，想在巡回之后减少 O 的演出机会。

又有粉丝拍到 O 在韩国某个医院看病，看的是心脏科，病历和体检报告被曝光，O 自从八岁开始就有心脏病史。

消息真真假假，两边的粉丝掐得不可开交，整个事件连续三天在热搜上面霸着第一。

就在我看到热门微博上面 O 落地上海的消息时，我接到了他的电话。

他在电话里语气很轻松，只是问我接下来这几天有没有空，然后帮我订好了去上海的机票。

紧接着我收到了陆康的微信，让我去他的店里，说有事情想和我说，他倒是有些严肃。

我没想到陆康会这么快知道我要去上海的事情，我到了店里之后，他没有像往常一样把我带去常坐的座位，而是把我带进了他在二楼的办公室。

他带我上楼的时候，我心里感到莫名的紧张。

直到我们两个面对面坐着，我都不敢看着陆康的眼睛。

"你们两个是不是已经在一起了？"这是他开口的第一句话。

我不知道自己应该点头还是摇头，我不想出声，只想沉默。

我不想承认我在心里是觉得对不起他的，我一方面觉得内疚自责，一方面又告诉自己陆康从来没有主动确认过关系，自己并没有什么真的做错的地方。

但是我还是说服不了自己，我觉得我借着陆康认识了O，又在和O暧昧的时候，一脚踹开了陆康。

"你还记得那天我亲了你吗？"他又问我，"在车里。"

"我记得。"

"难道你觉得那不代表什么吗？"

"可你从来都没有认真和我说过要在一起。"我反击，既然他责问我，那我也责问他。

他怔了怔。

"那天我说O想要加你微信的时候，我看到你脸上的表情了，我看了很难受。"

他停顿了一会儿，接着说："也对，哪有人不喜欢大明星的。呵呵。他让你去上海陪他了是不是？"

我只好点头。

"袁三琪，你知道你去了之后会发生什么吗？"他这句话完全是吼的。

"知道。"我平静地回答。

接着他又软了下来："如果你不去找他，我们在一起好不好？"

我看着他。

"你也不是真的喜欢我，你只是看到我和他在一起，你不开心罢了，不是吗？"这个时候我耍了小聪明。

"我现在就告诉你，我是真的喜欢你，我不想你去找他。"他破釜沉舟。

我看着陆康的脸，不知道应该如何回答，我已经被逼到了墙角。如果去找了O，以后和陆康怕是连朋友都做不成了。

如果你是我，你会怎么选择？

你有机会靠近星星，但是你会因为失重漂流在无尽的太空，然后缺氧而死。

你也可以坐着豪华的飞船离开，回到地球过幸福的日子，但是从此以后，你就只能在夜晚遥望那颗星星。

毕竟你曾经靠得那么近，只要伸手，就可以碰到。

我没有回答陆康，起身离开。

上海的天气很冷，刚下飞机的时候我打算去买点蛋糕，因为O除了在电话里告诉我他上海家的地址之外，还说了他妈妈也在家，突然说要见他妈妈，我有点措手不及，所以我觉得准备一些礼物是必要的。

我提着蛋糕，在小区楼下等他的助理过来，他告诉我是个胖大叔，是他的亲戚。

没过多久，我就看到一个胖大叔朝我这边小跑过来，他对我点头哈腰，把我带到了楼上。

我进门之后发现厅里一个人都没有，胖叔叔拿了一双酒店拖鞋给我，我穿上之后，把蛋糕放在了厨房旁的圆桌上面。胖叔叔让我在厅里坐下，给我倒了杯水，跟我说理疗师现在在 O 的房间给他做恢复，他之前演唱会彩排太操劳了，让我稍微等他一下，我点点头说没事，胖叔叔就在我旁边坐下来了，开了电视和我一起看。

　　过了一会儿之后，有个穿着大衣的漂亮阿姨走了出来，胖叔叔站了起来，我也跟着站了起来。"云姐，这是 O 的朋友，刚刚接过来。"他又向我介绍道，"这是 O 的妈妈。"

　　"阿姨您好。"我连忙打招呼。

　　她朝我点点头，说："O 待会儿就出来，你先坐。"一边说着她一边穿上鞋，推开门走了。

　　半个小时之后，O 终于走了出来，他的头发有些乱，但是脸色看起来很不错，没有上妆，皮肤依然很好，眼睛眨啊眨的，这么近距离看，真人真的比照片还要帅很多，平时他的造型总是跩跩的，可是现在看，就像高中时代，年级里最帅的那个男生，一脸清秀。

　　"你怎么让人坐厅里？"他和我点点头，然后用责备的语气问胖叔叔，我刚想替胖大叔解释他是不想让人打扰他理疗，他就接着说，"待会儿王制片要过来，你准备一下。"

　　我就没有出声了。

他带着我进了他的房间，木质地板上面很干净，角落里面放着一把吉他，床的对面放着一个很大的曲面电视，电视下面倒是有些乱，散落着游戏机和一堆遥控器。

"辛苦啦。"他摸了摸我的头，然后把手搭在了我的肩上，他足足比我高出一个头，我转头看他，然后他的脸靠了过来，我们接吻了，我转过身，双手轻轻地摸着他的耳朵，他的手环着我。

我离开了他的嘴唇，然后看着他，慢慢摸着他的脸，脱口而出："我觉得好不真实。"

他把下巴抵在我的肩膀上抱住我笑："这样真实了吧。"他太高了，像一只颀长的虾，我环住他的脖子，觉得很幸福，也很真实，我们两个人拥抱着在房间里面晃着圈，像是热恋的恋人。

他把电视打开，然后把书桌上面的电脑也打开，让我无聊的时候可以上上网，他说自己还有事，让我有事打电话给他，但是不要出房门。

我点点头，然后他就出去了。

一开始我还竖着耳朵听外面的声响，似乎来了几拨人，来的人讲话都带京腔，说话很大声，隐隐约约听到几个熟悉的导演和明星的名字，后来慢慢觉得无聊了，就回到书桌旁上网。

虽然知道不应该，但我还是看了看他电脑里的文件，结果基本上是台新电脑，我就开始上网搜他的消息，还有他以前录过的采访视频，一想到这个人就站在门外，和我待在同一个房子里，刚刚亲过我，我就情不自禁地想笑。

中途他给我拿了一些外卖进来，然后就走了。过了一会儿隔壁传来钢琴的音乐，不知道他是不是在给来的导演制片秀才艺。

再后来，我打算坐在床上看会儿电视，结果直接倒在床上睡着了。

隐隐约约听到门又开了，我闭着眼还想睡，接着慢慢感受到他呼吸的气息靠近我的脸，他又亲我。

而这一次更缠绵了。

晚饭是和他一起靠着床、坐在地板上吃的，吃完之后我们俩一起牵着手看湖南卫视，一起跟着电视里的梗笑。那个晚上的回忆模糊又真实，灯光很昏黄，我的头枕在他的腿上看电视，时不时抬头看他，即使在这个角度，他还是很好看。

他每次低头看我的时候我都会遮住脸，说自己是大饼脸，然后他就会摸我的脸，说："大饼脸我也喜欢。"

即使在这颗星星上只有短暂登陆，也是我生命中最朦胧浪漫的时刻。

～～～

三琪说到这里的时候，在哭，委屈还是不舍，我分不清楚。

哭吧，哭完这段回忆就会慢慢消失了。

这是我觉得自己最残忍的地方，无论这些回忆是痛觉还是快乐，都应该只属于他们，都不应该消散。

可是全部被我带走了。

后面的故事我来说吧，三琪从上海回来之后，又见了 O 一次，刚好 O 来广州，但自那之后，三琪再也联系不上 O 了。

陆康其实一直有女朋友，是三琪的闺密发现的，她有一次去陆康的餐厅吃饭，看着他们俩手挽着手。

三琪，我们都幼稚过，都曾经以飞蛾扑火为荣。你要知道生命中所有的美好都被包装过，如果有一天，你愿意剥开这些，看到生活中粗糙的一面也能欣然接受，这才是属于你的，拿得稳、捏得住的幸福。

祝好。

你的回忆很甜。

再瑰丽细致的钟表，都没办法表达我和你在一起的时时刻刻。

道路深处绿植蔓延，我在阳光的正对面，眯着眼，看你会不会来。

他在意梦境里的每一个细节，一个梦境有任何瑕疵，或者是体验感不好，他马上就会和造梦师大发雷霆。

　　他喜欢天马行空的想象和创造力，他讨厌人们对于梦境理解的限制。

造梦师 2 ━━

在直城郊区的垃圾回收厂，总是有各种各样捡"梦境罐头"的人。有时候有些人没有做完梦就醒了，还残留一部分梦境的罐头，遗弃到这片回收厂，被很多人捡漏，带回家里，放在二手的连接器里，就能再做个免费的美梦。

DC 公司一直以来的产品模式都很清晰，用户可以用很低的价格买到基础的连接器，但是梦境罐头则只能一次性使用又造价不菲。这样的销售策略是针对高消费人群的，他们喜新厌旧，很少重复进入同一个梦境，同时他们又不断地需要更有趣、更性感的梦境来满足自己，所以 DC 公司只需要持续造出梦境就可以获得丰厚惊人的利润。

前阵子 DC 的首席造梦师凯乐被捕的事件被媒体用来大做文章，DC 公司的 CEO 吴凡知道自己公司出现了内鬼，向其他竞争公司提供内部的商业信息，所以在一场员工梦境内测中，发放了公司出现危机的同一个梦境，当凯乐在梦里拿枪杀死了吴凡之后，他在现实中被直接送上了警车。

"DC 公司还有多少秘密？梦境拟真是否能超越现实？"

"不出三年，所有人都会只待在家里做梦，真正的末日就是我们自己创造的！"

"梦境罐头被捡走，拾荒者梦上瘾。"

"如果你在梦里是人生赢家，那谁还愿意活在现实中？"

社会舆论的指责已经是排山倒海的势头，可是支持 DC 公司的言论也不在少数。

"白天写文攻击DC，晚上却偷偷用《性感沙滩》梦境？《明日报》编辑被抓包。"

"你永远不可以剥夺别人做梦的权利，这是人权的一部分。"

"不爱，但是请别伤害，二十万DC用户在梦境中治愈童年心理阴影。"

"所有伟大的作品，都经历着当时世人最严苛的审判。"

两边的声音让人眼花缭乱，但是不得不承认DC公司业绩的几何式增长用实力说明了一切。

DC公司最新的作品联合了中国最大的游戏公司龙讯，他们把现在市面上最火的游戏《天赐神刀》和梦境打通，游戏用户可以免费体验第一版的梦境《天赐神刀》，大家在梦中斩恶龙，骑举天神兽，和王者谈恋爱……和游戏里的设计情节一模一样，所有人都能在梦里做自己的英雄。

但是第一版的《天赐神刀》只是单机版，内容简单，第二版的游戏才开始是付费项目，可以联机操作，几个玩家聚在一起使用多人连接器，可以同时进入游戏梦境，配合团队一起打怪闯关。

本来局限在手机屏幕里的游戏，突然宏大真实地呈现在眼前，大批游戏迷达到了前所未有的高潮。

但是问题来了，既然游戏可以多人连接，为什么其他梦境不可以？

很快，共通梦境就变成了 DC 公司用户的另一个诉求，闺密们举办派对的时候想同时进入梦境之中和贾斯汀·比伯或者是吴世勋一起玩游戏，老人 DC 迷们希望能够和同伴一起在梦中恢复年轻，也有企业想要以共同进入梦境执行任务的方式来增强团结度……

我叫姜璇，二十三岁进的 DC 公司，二十七岁的时候成为总经理特助，也就是吴凡的助理，我帮他处理的事情从给家里的宠物换狗粮到洽谈全球 DC 产品广告投放，大大小小的事务都有。基本上我的工作，已经是我的全部生活了。

很多人以为我和吴凡有什么特别的关系，不是有感情就是有着血缘关系，但实际上我就是以实习生身份进公司，通过对公司业务的了解和执行一步一步晋升的。而在大众眼里毁誉参半的吴凡，其实真的单纯细腻得像一个小孩。

他在意梦境里的每一个细节，一个梦境有任何瑕疵，或者是体验感不好，他马上就会和造梦师大发雷霆。他喜欢天马行空的想象和创造力，他讨厌人们对于梦境理解的限制。

在梦里，嗅觉、听觉、触觉都复杂地交错在一起，只有把想象的感觉做到更真实，才会让使用者有无与伦比的梦境体验。所以很多应聘造梦师的并不是科班出身或者高才生，反而是科幻迷，或者是有着少女心的人。总之白日梦越精彩，越容易被录取成为造梦师。

就拿最近一个新推出的梦境《文艺复兴》来说，一整个历史学家团队和我们的一组女造梦师合作，还原了意大利中世纪后期的社会风貌和人文环境，在梦里可以选择和但丁讨论诗文，或者是向达·芬奇学习作画，甚至可以和莎士比亚谈恋爱。为了保持梦的美感，这几位文艺巨匠的面貌都被美化了，这款梦境一上架就挤进了梦境销售排行榜前三，女性消费的爆发力极强。

共通梦境一直以来都是公司发展的趋势，但官方认为多人连接，会在梦境中造成社会问题，如果在梦里面出现了任何违法违纪的情况，难以处理，现阶段的医学也无法证明在梦中受到伤害，现实中的人身健康是否会受到影响，是否能定义为心理损伤，这都是模糊地带。

而梦中的秩序都是由 DC 公司自己掌握，他们认为吴凡这是策划在梦里面重建一个新的世界秩序，而这个秩序在政治集团的管辖范围之外。

吴凡最近压力很大。

已经有黑客通过自己重组连接器的方式实现了多人连接，只是一直都在黑市进行，偷偷摸摸的，非法的连接器销得很快，一些单人梦境的忠实用户甚至都开始找渠道购买多人连接器。毕竟需求拉动着供给，DC 公司表面上发动了很多势力去禁止私下买卖，但是收效甚微。

一方面是市场的需求，一方面是官方的施压，让本来就不善于处理这些的吴凡忧心忡忡。

在前两天的会议上，我想到了一个解决方案。

其实也是个擦边球的方法，虽然官方不允许我们售卖多人连接的机器，但是我们可以利用原有的单人连接器的联网功能，在系统升级的时候将共通梦境的数据包伪装成 bug（漏洞）随机发送，这样有部分用户就发现自己可以主动选择梦境互通。这种情况下并不是我们主动售卖，我们不需要做任何的宣传，只需要这部分用户把这个"bug"放在社交媒体上面传播，就会以病毒式的效应散播开来。

和第一代 DC 产品的宣传方式一样。

我提出这个方案的时候吴凡两眼放光，官方肯定会知道这只是我们背后的一些暗箱操作，但是只要信息传出去，以连接器的普及力度来说，官方想禁止也来不及，而且越禁止会让这个消息传得越快。

一周后，黑市多人连接器的市场急转直下，我们知道计划成功了。

这个想法其实并不是我自己想出来的，是我在直城的郊区调查拾荒者梦上瘾事件的时候，一个小孩教会我的。

那天因为梦上瘾的报道，我找到垃圾回收站的负责人带我去了那片垃圾回收厂。我看到我们精心设计的梦境罐头在那里堆成了一座垃圾大山，我们当时为了让梦境无法重复使用用了一种特殊的材质去制造承载体。虽然材料都是无害的但是因为用量过大无法及时清理，在这里堆积成山。

我就在那个时候看到了那个男生，他看起来才十五六岁的样子，身边跟着一群孩子。而他在中间像是领导的样子，吩咐了一圈，其他小孩随之四散开来寻找战利品。

负责人告诉我这里有很多这样的找罐头分队，他们每天在这里捡还有残留的梦境罐头，筛选过一遍后，留下梦境时间最长的，然后带回去跟家里人分享，有的时候还会发生争夺，两帮人争同一个罐头。

不一会儿，就有小孩跑回来跟那个带头的男生报告了，他手上的梦境罐头进度条还剩下五分之一，从这堆垃圾来看，已经算是很多的了。

他大喊了一声，其余的小孩就又从四处窜了回来，他们看到这个找到的罐头之后就开心得蹦蹦跳跳的，随后男生就带着大家离开了。

我心里有些疑惑，即使这个罐头还有容量，但是也不够这么多个孩子做梦啊，为什么不再多找几个呢？负责人跟我说这帮小孩每次找到一个就走，也不知道傻乐个什么劲。

我在后面跟着他们回到了他们住的"笼屋"，那里是一片密集度很高的民宅。

结果惊人的一幕发生了，我发现这帮小孩居然能够用连接器共享同一个梦境，我才知道带头的男生叫求思，是他通过分析连接器现用的数据结构，把几个连接器打通，实现共享梦境的。

后来，我好几次拜访了求思的家，我以公益事业扶持的名义咨询了求思的父母很多问题，原来求思不仅仅在改良和精进设备及软件上有天赋，他还有极强的创造能力，他自己写下的梦境设计全部都是关于超能力和英雄主义的，是现在时下每一个年轻人都渴望体验的梦境画面，每一个梦境的细节描述和情节设置都不像是出自一个十六岁的少年之手。

我愈发感到兴奋，我有预感，应该把求思带回 DC 培养，起码在产品研发上面会注入更多的年轻活力。

求思如我愿加入了 DC 公司的产品研发部门。

一个月后，求思设计的第一款叫作《幻流》的梦境邀请公司内部员工内测，我特意抽了时间来参加。

内测终于开始了，我戴上连接器，但过了好一阵子之后，发现眼前还是一片漆黑，我有些疑惑，于是把头盔取了下来，身边负责我内测的工作人员告诉我可能是梦境接入还有部分问题，没有那么快修复，建议我先去处理别的事情，再预约新的内测时间，虽然觉得奇怪，但我还是起身离开了。

我走出内测大厅，打算先回顶楼的办公室把老板下个月的行程再细化一遍看看有没有什么问题，这个时候我的手机收到了一条信息，刚好是吴凡的，内容是："你今晚有时间一起吃饭吗？"

之前我陪吴凡吃过饭，有的时候是陪顾客，有的时候就是简单的工作餐，没有缘由地吃饭还比较少，但是老板要求，我没多问就直接答应了，也许他是想知道最近推出的新梦境的销售情况。

虽然是老板请吃饭，但还是我选的地方，订的位子。我选了直城新开的一家丛林料理，第一家店开在东京就每天大爆满，因为这里每一天每一个人吃到的食物都不一样，店主极其随性，有人在这里吃到了米其林三星料理，也有人等了两个小时却等到了一碗方便面。别误会，这方便面的煮法也是少见的美味。依照我老板的性子应该会喜欢这种让人有惊喜的地方，所以就定在了这里。

我提前十分钟到了餐厅，发现老板已经到了。

我坐了下来之后，服务员给我上了一杯荔枝马天尼。"我的天！"我在心里惊呼，他们怎么知道我想喝这个。

老板双手交叉，见到我的时候勉强笑了一下，然后又恢复了思考的样子。

我没说话，有时候老板需要大家在同一个空间里面，但是又不需要大家说话，他只是简单地希望大家陪着他就可以了。

他突然问我："你会不会觉得，我自己创造的梦境越来越无聊了？"

我心里咯噔了一下，老板是个很敏感的人，他常常在自我否定和自我肯定中徘徊，有的时候他自信得不行，有时候又没安全感得像个小孩。

我知道他喜欢听真话，可是也得是带着鼓励和期盼性质的真话。

他最新的一个作品是《元素时代》，我前两天刚刚做完内测，这是老板去南非出差了半个月回来后找到的灵感，我努力回想那个梦境的细节，好给老板一个中肯的建议。

在《元素时代》里面，我们人类可以通过学习，得到风、地、水、火、空五大元素的控制力，在梦里可以驭风飞行，可以操作水的形态，还可以伸缩空间的大小。这些技能其实在别的梦境里面都可以实现，但是其他造梦师一般为了让梦者觉得方便无负担都会提供一些工具去实现人想要飞或者想要瞬间移动的愿望，但是老板受了合作的游戏公司的影响，认为返璞归真，通过学习得到的技能更让人有成就感。

"我觉得老板的《元素时代》其实是一个蛮好的转折，因为现在梦境里有太多华丽的内容和场景，一直都在尝试迎合消费者，老板的梦境让人感觉能够重新探索自身的能量，只是可能在女性市场没有那么受欢迎，受众群和《天赐神刀》的会更重合些。"

我说完看着老板的时候，他突然抬起头很真挚地看着我。

"我本来想说的其实不是这个，我只是想先转移一下注意力。"

"嗯？"我疑惑地皱起了眉头。

老板本来交叉的双手打开，一颗硕大的钻戒突然明晃晃地出现在我面前。

我突然明白了。

我做出了内测时候指定的中止手势，四周灯光变暗，有系统声在倒数，五，四，三，二，一。

这下我的头盔才真正被摘下。

我看到求思一脸兴奋地看着我，我定睛看着他，我问："你是怎么做到的？"

我之前有说过，造梦师需要一定的天赋，这天赋来自极强的意志力，每一个造梦师在造梦的时候都是事先设计好梦境的场景和情节，然后再亲自进入自己的梦中造梦，这样一个梦境才能真正实现，所以并不是每个人都能成为造梦师。

而刚刚求思的梦境，给人制造了一种错觉，就是自己不在梦境之中，他刻意将现实和梦境的边界模糊化，让人不知道自己在做梦。而且每个人的梦境情节都不一样，因为我们梦境中的内容是由我们潜意识里的欲望推动进行的。

也就是说，求思的创意，将使用这个梦境的每一个人，都变成了造梦师。

也许你这样乍听起来觉得没什么，但是能够让每一个人都获得造梦师的能力，实际上突破了我们公司原有所有产品的界限。

在《幻流》内测之后，我们在公司内部会议上产生了很大的分歧。

一派认为，如果《幻流》上市，那么原有的产品肯定会受到巨大的打击，我们公司的主要收入肯定会受到影响，如果每个人都能在自己的梦里筑造自己的帝国，那谁还会买别人制作的梦？

另一派认为，每个人的想象力和经历都不尽相同，即使是能够自己造梦，大众对于未知以及新奇的梦境内容还是有好奇心的，这会给原有的产品线带来影响，但是并不是毁灭性的。现在打破内容限制，让用户自产内容，有助于把 DC 产品的普及度推到一个新的高度。只要《幻流》也是一次性使用的产品，那么销量根本就不用担心。重点是，我们可以研究用户的梦境内容来进行用户的行为分析，因此得到更多衍生数据。

吴凡这一次很果断，他同意将《幻流》推出上市。

让DC公司惊喜的是，《幻流》和共通梦境的技术融合度相当之高，当多人一起使用《幻流》的时候，梦境的世界观以倍数放大，你可以看到别人潜意识里的浩瀚无穷的画面和信息，在共享梦境的时候，人们一定程度上进入了彼此的大脑。这种多人《幻流》的探险式玩法呈爆炸式增长，在《幻流》推出一个礼拜后，同时参与的最多人数达到了一千余人，梦境似乎一下子没有了边界，延伸得无穷无尽。

吴凡没有想到的是，求思早就已经拿到了转念（让梦境影响人的现实行为）的核心技术，而他只需要一个实验的机会。

这个机会终于来了。

在拉斯维加斯万人共享梦境大会的直播上，所有人聚集在大球场里面，距离活动开始还有半个小时，可是人们已经开始躁动不安了，他们每个人手上都拿着一个连接器，他们来自世界的各个地方，有巴西、新加坡、法国、中国……各色人种在球场内兴奋呐喊，等待这一场万人共享的梦境狂欢。

大会司仪通过扩音器提醒参与者就座，为了避免引起官方不满，DC公司没有派出任何代表参与，这是一场完全由民间发起的梦境大会。

我、老板和求思赶在大会开场前十分钟抵达了现场，我们都简单乔装了一下，以免被记者拍到。求思在创作了这个产品之后，已经成为我们的首席造梦师了，他也是在凯乐之后唯一的一名。但显然，求思的才华和潜力都在凯乐之上。

球场的大屏幕开始进行梦境倒数，看台上的参与者纷纷戴上头盔，等待进入这场前所未有的梦境集合。

十。

九。

八。

…………

我发现求思不见了。人群中拥挤得不得了，我本来牵着求思的手，但是现在我的手什么都抓不到，我有种不好的预感，我跟老板喊说求思不见了，他心不在焉地看着大屏幕，没有回答。

五。

四。

三。

二。

一。

球场突然陷入了巨大的安静，只剩下主播采访直播的声音和摄影记者的快门声。

屏幕上面的连接人数从 0 一下子变成了 8000 多人，数字还在不断上升，还有一些参与者在四处张望，拍下一张自拍之后，再匆匆戴上头盔。

9870。

9946。

然后数字达到了 10000。

这下球场才是真正的一片静谧，一万人闭上了眼睛，在同一个梦境里遨游。

我突然感受到一种前所未有的成就感，我紧紧地抓住了老板的手。

世界各地都在关注着这场盛大的梦境狂欢，不在现场的人也在收看着这个画面，想象着要是进入万人梦境，到底是一种什么样的感觉。

接着，奇怪的事情发生了。

没有任何征兆，所有的参与者，都从座位上整齐划一地站了起来，他们伸出了左手，然后又伸出了右手，还摆出了一个剪刀手的姿势。

我和吴凡惊恐地看着彼此。

紧接着看台上面的人，把手捏紧当作话筒，开始一起唱一首不着调的歌。

你以为我在做梦

梦里的故事很多

但今天我不想做梦

因为我知道我还有事要做

秘密就藏在梦境里

你还想知道什么

唱完歌之后，戴着头盔的人们闭着眼睛，像是钢铁武士一般，一个跟着一个，浩浩荡荡地从看台走到球场中央。

他们的步调出奇地统一，一切看起来都是那么整齐严谨。

直到所有人都在草地上集中完毕，大家似乎同时听到一声指令一般，所有人都瘫倒在地，歪歪扭扭地躺在一起。

吴凡手上拿着的是清扫程序的密匙，他在公司地底几十米的安全屋里。

此时 DC 公司已经涌入了上百名警察和调查员，实验室和内测厅被封锁，工作人员在逐一接受审问和调查。

这是他当时建立公司的时候给自己留的最后一道防线，梦境虚幻，可以控制的东西只有技术和代码，清扫程序是个单向程序，只要上传到主机，所有的连接器都会自动清扫程序，成为一堆破铜烂铁。

他怎么也想不明白，为什么求思会懂得转念的操作，以及他这样做的动机。

可是留给他考虑的时间已经没有那么多了，他如果不进行清扫的话，最坏的结果就是技术要缴纳给官方处理。

　　我站在他旁边。这似乎是一种仪式，他最初因为怀念死去女友的执念而建立的公司，在这么多年后，意外获得了这么多的成功和名誉。在他逐渐走出爱人逝去的阴影时，又要自己亲手葬送掉这一切，换作是我，可能根本无法面对这种现实。

　　我还在思绪万千，他已经把程序插进主机。

　　机器发出了"嘀"的一声，就再也没有发出过声音了。

　　清扫程序已经开始工作了。

　　随之老板桌面上的手机收到了一条信息，他滑开查看，是一个视频。

　　视频上面是一个熟悉的样子。

　　"老吴，这一次，就不是在做梦了。"凯乐说。

即使我们当时并没有那么快乐，也没有想象中那么平静，可是照片记录下来的每一帧画面，都是我们生命里真实的碎片，投射着曾经发生过的细枝末节。

肯特说要带我们去看那个 *Instagram* 上面很红的场景，然后我在两栋大楼中间看到了
布鲁克林大桥，抬头的时候，很戏剧化地，天开始下雪。

情绪管理里，所有情绪的保留和删除，决定权都在我们自己的手上，每个人有不同的需求，那么无论选择保留或是删除，其实都是基于我们对自身状况的选择和判断。

　　如果这些无用的悲伤占据我们的大脑和心理那么久，没有勇气继续正面看待生活才是人真正的悲哀吧。

情绪管理器

　　我看着显示屏，把接口贴上太阳穴的位置，屏幕上开始显示出一长串的表格。

　　表格很简洁，有三项内容，显示着二十四小时内在我大脑里出现过的情绪，维持的时长，以及对自身的影响。

　　我翻到白天在路上看到一对情侣吵架时的好奇情绪，顺手一点就删掉了，还有我在二十四号又二分之一街吃到那家难吃的牛扒的厌恶情绪，也一并删除了，我上下滑动着屏幕，点了屏幕最下面，系统自助清理情绪，然后闭上了眼睛。

　　很快，一整天在脑海里曾经出现过的一些碎片的胡思乱想，那些让我不适或者沮丧或者自卑的情绪，一点一点消失了。

　　我沉沉地睡着了。

　　我的工作，是在一家书店做店长。我们书店建在"8·21"灾难纪念馆的上面，书店的外观都是用一块一块的木头拼接而成的，整体呈椭圆形，从远处看起来像是一颗像素球。

　　书店外观的木材都是在"8·21"灾难时残留下来的建筑物料，那场灾难之后，人们为了纪念当时的重创，并且铭记这场科技灾难对我们的警示，用现场还可以利用的材料还原出了这个纪念馆，并且在上面建了一个书店、咖啡馆和生活馆合一的活动空间。

　　因为设计出色，我们书店每天来的客人非常非常多。

　　店长这份工作挣不了什么钱，但是我喜欢有温度的工作，我喜欢看到不同的人，我也曾经在办公室待过，但是每天一样的环境和一样的人让我忍不住抓狂。

自从换了这份工作之后，我最喜欢的事情，就是默默观察客人们的表情和状态。

A5 桌的男生穿着一件连帽卫衣，卫衣上面的白色字母有些被磨掉了，他留着不合时宜的长刘海，却又带着一种原生的少年感。他的桌面上摊着一本很厚的参考书，他一边敲打着键盘，一边把脸凑得离屏幕很近。我猜他应该是一边和女友聊天一边在复习，因为他每过一会儿就会检查一下自己的手机。

坐在吧台位置的深蓝色衬衫男在拆耳机的线，他打了很重很重的发胶，不然的话可能会看起来更年轻一些，他终于戴好了黑色耳机，不难发现，他的嘴角一直在若有似无地上扬。过了一会儿，他穿着浅蓝色牛仔衬衫的女友来了，两个人应该刚交往不久，表情都有些害羞和局促。

穿黄色防滑材质外套的短发女生在左右张望找座位，可是店里的座位已经差不多坐满了，她有些着急，一边低头安慰小儿子一边在店里穿梭着，她小心地避开那些从她身边经过的客人，给自己的小孩腾出一些空间，在看到一张桌子清空之后，我替她松了一口气。

窗边位置坐着几个笑容饱满的女生，她们的脚边放着几个奢侈品购物袋，里面有个女生是最耀眼的，她穿最简单的白色 T 恤，背着光坐的时候，头发上带着轻盈朦胧的光，笑的时候脸上有明显的酒窝。她似乎在和同伴讲一件很有趣的事情，表情和动作的夸张让她看起来更活泼了。

每天，看着不同的人来来往往，给我一种莫名的安全感。

我们公司对于服务的要求很高，所以进公司前最重要的一项检测就是是否通过了情绪管理等级考试。

情绪控制一直都是神经学和心理学想要极力攻克的主题，随着世界经济一体化，各个国家的贫富差距逐渐缩小，人们对于物质财富追求的幅度逐渐降低，而转化为对于自我的探索以及精神层面的追寻。

但是有越来越多的人发现自己无法控制自己的情绪，快乐的情绪总是很短暂，而生活中大部分的情绪都是挫败、后悔、失落、不甘心、自卑、焦虑、急躁……

也就在近两年，情绪管理器终于从实验阶段推向大众。

每一天的情绪都可以通过处理细化成一件一件具体事项以及它对于我们整体情绪的影响。负面情绪的扩散比正面情绪要快很多，人往往执着于现有的负面情绪，继而忽略自己曾经有的正面情绪或者潜在的正面情绪，一旦负面无法及时处理，就会变成恶性循环，影响人的身心健康。

情绪管理器帮助了大批大批患有抑郁症以及精神分裂的病人，并且改善了百分之八十的使用者的睡眠情况，被誉为这个时代最伟大的发明。

但是也有很多人强烈反对情绪管理。

他们认为人之所以进化至今，是因为人类懂得使用工具并且拥有自控力，如果人连自己的情绪都不能及时消化，还要依靠机器去进行排解，这无疑是整个人类的倒退。

"不久的以后，我们只要把接口连到狮子的脑袋上，消除它所有的不快，它就会失去所有的野性，狮子失去野性意味着什么？人类失去欲望，满足于现在又意味着什么？"

"情绪的叠加其实就是经验的叠加，饥饿、愤怒、挫败都是促使人类进步的重要因素，如果我们舍弃这些，那和吸食精神鸦片有什么区别？"

这些人实在是太偏激了，情绪管理里，所有情绪的保留和删除，决定权都在我们自己的手上，每个人有不同的需求，那么无论选择保留或是删除，其实都是基于我们对自身状况的选择和判断。

如果这些无用的悲伤占据我们的大脑和心理那么久，没有勇气继续正面看待生活才是人真正的悲哀吧。

强者永远不知道弱者的状态，不想让情绪管理发展，只是为了让他们继续自己操纵别人情绪的欲望吧，可笑的狮子理论。

说到情绪等级考试，就是考验人对于自身所有情绪的审视和选择的能力，真正高明的情绪管理者，能够在情绪中找到刺激自己进步和发展的有效情绪，排解掉不相干情绪，从而提升自己的工作能力和人际关系处理能力。

说白了，谁都想变成更优秀的人，有更方便快捷的工具，那么越快懂得运用工具的人就越是真正的赢家。

不过，我考完等级二之后，就再也没有参加过情绪等级考试了。我想要过简单一些的生活，那些情绪管理者因为工作和生活上的欲望实在太多，所以他们需要强大的能力进行排解，而我只想好好当个书店的店长，仅此而已。

今天书店里的一个女生跟我表白了。

她是负责咖啡店的烘焙师，叫原源。她个子不高，留着中长的短发，眼睫毛很浓密，皮肤很好。有很多人说她长得像很久以前的一个日本女演员，叫作北川景子。

原源午餐的时候坐在了我对面，不知道是不是因为和别的同事串通好了，平时午餐的时候总是有很多人挨着我一起坐，而今天我们这张桌子就只有我和她。

"旷也，你下班了之后有没有时间啊，想不想看电影？"

"今天吗？"

"对啊，你前两天朋友圈不是发了这部电影的预告？"

"噢，那部啊，我看过了。"我撒了个谎。

"哦哦，那可以去宠物之家？我记得你上次和王磊他们一起去很好玩。"

"今晚不大行，不如迟些？我今晚要回妈妈家吃饭。"

她的脸看起来突然黯淡了。

"旷也，我一直在约你，你应该有感觉到吧？"

我点了点头。

"如果你不喜欢我，你就直说吧，我不想浪费时间。"

她突然有些激动，眼睛直直地看着我，眼眶还有点红。

"不好意思，我有喜欢的人了。"

我像是做错了事情一样，低下了头。

她直接起身离开了。

我坐在位置上思考，我有喜欢的人了吗？为什么我会这样说？

睡觉前，我扫到了拒绝原源的内疚情绪，我滑过了，没有删除。已经不是第一次有女生和我表白了，每次我都感觉到手足无措。

第二天回到书店，正好是原源在上早班，她愉快地和我打招呼，说刚刚多做了一杯咖啡，要我拿去喝。我迟疑地看着她，她也直接看着我，像是什么事情都没有发生，我松了一口气，她应该没有放在心上吧。

已经有客人进店了，她开始忙碌起来，我拿起纸杯装咖啡，发现下面有一张纸。

"旷也同学，昨天我已经删除了喜欢你的所有情绪，被不喜欢的人打扰一定很困扰吧。其实一直以来我都舍不得删除，总是希望还有一些可能，可是喜欢你又不敢找你，每次找你又都是被打击的感觉，实在太糟糕了，所以……以后再也不会了，我们好好做朋友吧。工作顺利。"

我停顿了一下，把纸条放进了口袋里，往图书区走去。

"不好意思，我想问问，TR 新的那本小说在哪里可以找到啊？"
路上一个找书的女生问我。

"您稍等一下，我帮您查一下。"

"好的，虽然笔记本都可以看，可是还是觉得拿到实体书比较
踏实呀。"

她自言自语。

我用架子上的平板查到了书的位置，然后带她走过去："您下
次可以直接用这个平板搜索书名，就可以找到所有的书了，当然问
我们也可以的。"

她点了点头。

"书就在这一排啦，如果还有什么需要，随时可以找我们。"

"噢对了，你叫什么名字呀？"她突然问我。

"我叫池旷也。"我回答。

"哈哈，好。"这个女生笑起来的时候，眼睛弯弯的，而且还
有酒窝。我看她回过头开始找书，于是转身离开。

"8·21"灾难指的是三年前人类清扫变异机器人的一场战争。
因为机器人技术的迅速迭代和升级，机器人已经能够融入人类生活
而不被察觉了。其中伴侣机器人是需求最高的机器人类型，这与
千百年来人类追求完美情人的情节有关。伴侣机器人有别于别的类
型的主要原因，是他们在硬件里植入了数以千万计的人类生理和心

理反应，人类的迷人之处就在于每一个不同的阶段不同的时间点甚至不同的精神状态都会对于发生的事件或者是其他人，有千差万别的反应。人类的随机性以及不可预测性构成了人类的未知魅力。

经过对不同性别、不同人种、不同经济情况、不同家庭背景、不同人生经历的数十万人的隐秘调查，他们头脑里对于不同情绪做出的反应和表达，被载入到伴侣机器人云主机，从而达到机器人与人无差异的效果。

而伴侣机器人的绝妙之处在于，他并不是像一件商品一样被寄到你家中，而是在你订购并且填写资料之后，出现在某个未知的你的生活场景中，与你自然相遇，然后和你在一起，就像我们在生活中遇到的恋人一样，也就是虚构，却又真实存在的缘分。

你这样听，也觉得这样美好的事情不可能不存在瑕疵吧。

是的，伴侣机器人在载入普通人类的事件的过程中，发现了一个共性，就是人类集体的潜意识里，认为机器人和人类还是有着本质上的差距，甚至是一种俯视感。人类知道伴侣机器人最终的目的就是取悦自己，相处快乐的时候觉得没什么，但是遇到问题，人类的反应会变得歇斯底里和不可控。

这样的事件出现得越多，机器人的处理系统就越疑惑。他们被迫不能离开自己的伴侣，但是他们又从数据的分析读取到，伴侣之间的陪伴并不是这样绝对的服从与被服从的关系。

在 8 月 21 日那天，有百分之六十的机器人发生集体叛变，伤害甚至杀害了自己的伴侣，一切都发生得无声无息，有三万余人在不同的情况下丧生，而且大部分都是有身份地位财富的重要人物。

那一天政府军的清扫活动在凌晨开始，十多个小时后，伴侣机器人密集的区域，街上都是连着皮肤的机器手臂和电路，带着诡异的恐怖感。

所有的机器人类型都被召回，进行清理，主机数据库也被销毁。

今天书店办复古跳蚤市场的活动，在书店门口的绿植广场，搭起了一个又一个小帐篷。这个活动一个月之前就开始招标，有很多书店的常客都报名参加，他们从自己家里、朋友家里搬来了很多很多奇奇怪怪的小玩意儿，放在自己布置好的帐篷里面售卖，很多东西都是看起来毫无用处却又有创意的，比如说太阳能防蚊器、自助酿酒瓶、静电书等，也有一些比较私人的衣物、球拍，甚至有古董中的古董的唱片机。

我很喜欢店里办的这个活动，因为每次办这个活动的时候，来的人都很开心，卖的人似乎也不在意赚什么钱，聊得开心就直接把东西送出去了，买的人抱着看热闹的心情和好奇的眼神，看起来特别可爱。

我来到一个摊位前，帐篷中间放着一张长桌和很多小座位，摊位两边的架子上放着一排又一排的白色 T 恤，摊位的主人是三个年轻的女生，她们看我走了进来走过来跟我介绍："你可以拿一件你的尺寸的 T 恤，然后随便选颜料在上面画画噢，三十秒就可以速干然后带走啦，你可以设计你自己的 T 恤。"

带头介绍的那个女生发质很好，看起来很精神的样子，她身上穿了一件写着"cgy"字母的白色 T 恤。

我笑了笑："我是书店的工作人员，我来各个摊位看看有没有什么需要帮忙的。"

"哦哦，我们这里很好，不需要担心，哈哈。"

"cgy 是什么意思啊？"我突然想问。

"是我名字的开头首字母，哈哈。"

"很酷。"我说。

"哈哈，谢谢旷也同学。"她笑的时候脸上有个小小的酒窝。

我有些惊讶，她怎么知道我的名字，我礼貌地笑笑，然后走了出去。

再走了两步，我看到了原源负责的临时咖啡摊位。

"旷也！我给你留了一杯咖啡，过来拿。"

原源看起来心情很好的样子。我拿起咖啡，发现下面又压着一张小纸条，我这次没有在原处看，我拿起咖啡，走远了之后才展开纸条："旷也，既然你不喜欢我，你可以告诉我你喜欢的是谁吗？你上次说你有喜欢的人了。"

对啊，我为什么要说，我有喜欢的人了呢？我知道自己没有在撒谎。

突然，脑海中闪过一个念头，让我感觉自己很不舒服。

我往员工休息室跑，因为跑得太快，路上的人纷纷注目。

我打开休息室里放东西的柜子，里面静静躺着一个小型的情绪管理器，这个机器的功能比较简单，只能处理一些即时的情绪。

我把接口贴在太阳穴上，快速滑动屏幕，找到了那个叫作"喜欢陈更意的心动情绪"，然后按了删除。

我终于平静了下来。

我出厂时的记录叫作"ats620————"横线记录的是隐藏的识别码，只有我自己的主机才能识别。

我第一次发现自己有意识，是在和目标用户交往时，系统传达给我牵手的指令，我却在脑中犹豫自己要不要执行。那个时刻的犹豫，让我印象很深刻，我知道在人类行为学里，有非常多的案例可以查到，犹豫意味着自己的本能并不愿意。

后来我刻意躲了起来，不再联系目标用户，我知道这不符合指令，为了防止被找到，我直接切断了和主机的联系，很多伴侣机器人都需要主机提供海量的指令方案去适配伴侣的反应。我尽量减少自己与别人的深度接触，以免反应不对暴露自己。

我总觉得伴侣机器人在做不对的事情，可是我说不出来哪里不对。

后来我的目标客户遇到了真正喜欢的人，并且结了婚，我不知道那个人到底是机器人还是人，但是这件事情让我松了一口气。

我也因此在"8·21"事件中幸存下来，在人类空间里生活。

陈更意，是经常来书店的一个客人。每一次我总是能留意到她，我总在刻意控制自己，不要一直盯着她看。我知道自己喜欢她。

关于她的情绪我删除了很多次，我还利用机器主机里的记忆清除功能，清除了很多关于她的回忆，可是每次使用记忆清除功能，都会损耗我主核体的电量，所以我很谨慎，尽可能只用情绪管理器去控制自己的情绪。

我不知道自己还能坚持多久，可我舍不得离开这个地方。

陈更意的头发很漂亮，她在说有趣事情的时候表情总是很夸张活泼，她笑起来的时候眼睛弯弯的，还有明显的酒窝。

和她在一起，总有一天我会暴露的。

失落的情绪又来了，我滑动屏幕，再删除。

不甘心的情绪又来了，我滑动屏幕，再删除。

不得已我再次启动了主核体的记忆清除功能，把刚刚和她在跳蚤市场相遇的画面删除。

不到一秒钟，我恢复了平静。

我把情绪管理器拆下，放在柜子里锁好。然后打开员工休息室的门，大步走了出去。

想和你游泳，想和你冲浪，想和你潜水，想和你坐快艇去看水母和小岛。这些我都不太会，可是你在旁边就刚刚好。

那个时候我有了喜欢的人，我呼吸的每一口空气，都是甜的。

好吧，也不甜，但是我有喜欢的人了。

十字路口转角的露天咖啡店桌上面的热巧克力缓缓冒着烟。

斑马线尽头，悠闲听着歌的少女和紧张看表的上班族一起等绿灯。

长椅上拿着外卖牛皮纸等待男友下班的女生一直隔着纸袋摸温度，怕食物凉了。

建筑旁西装革履的男生一边打电话一边松开了领带，露出疲倦的笑。

蒋力站在我身边，一脸惬意。

东京爱丽丝兔洞

旅行的时候我喜欢观察来往路人的表情。过斑马线的时候，穿着和服的女生姿态优雅，不紧不慢。眼睫毛浓密好看的滑板少年下唇打了一颗唇环。打扮得洛丽塔的胖妹子走得很快，手上衔着一支烟。不服老的大叔一身全黑，手上脖子上都是浮夸的银饰。黑人女生穿得很正经，一边走一边和身边的同事说着流利的日文。我耳机里面放着 Martin Garrix 和 Troye Sivan 合作新歌 *There For You*，这首歌越循环越好听。我走得很快，一起出来的一个朋友顾着拍照，我却只想暴走。

新宿街道上面的灯牌五颜六色，不同颜色交织在一起有莫名其妙的协调感。街道上的人越来越多，虽然有说有笑，可是也都神色匆忙，我再走两步看到一个广场，大多都是三五成群的年轻人，有人喝得烂醉倒在了地上，有人在旁边挽扶着，他们脸上一片通红，穿着白色衬衫，手上挂着西装外套，有人在大喊大叫，可是没多少人在意。

我回头看了看那个朋友，他还在拍一家寿司店的门口，我盘算了一下他身上有 Wi-Fi，联络起来应该问题不大，所以我钻进了一条小巷里面，新鲜感和兴奋劲让我想要一个人待着。

小巷里的人明显少了很多，只有零星几家挂着日式灯笼的居酒屋和兑换货币的店，地上似乎刚刚铺上了新路，有一片崭新的沥青，我走在新铺的路和旧路中间，踩着耳机里歌的节奏一步跟着一步，觉得放松又自在。

紧接着我整个人踩空掉了下去。

我吓坏了。

我在一片模糊的颜色中往下掉，失重感让我想喊出来可是喉咙锁得很紧，我什么声音都发不出来，心里的恐惧一直想从我的身体找一个出口钻出去，我憋红了脸，使尽全身的力量喊出来。

"啊……"

喊出来的那一瞬间我终于落了地。

我还是没有憋住，一大口吐了出来。

我用手撑着膝盖，惊魂未定的时候身边有个声音。

"你没事吧？"

我抬头，一个戴着纽约首字母鸭舌帽的男生弯腰正面看着我。

"你……？"我还是没办法适应刚刚的奇异体验，说话变得结巴。

"给。"他递给我一瓶梅子茶。

我拧开瓶盖，咕咚咕咚往喉咙里倒。

我感觉到茶一点一点流到身体里，感官逐渐恢复，我开始留意到自己居然站在一片很宽阔的平原上，头顶星空，四周是隆起的山脉和遍地的草，我们像是站在一块下凹的盆地里。

太他 × 可怕了。

"我们刚刚是瞬间移动了吗？"这是我能想到的最贴切简洁的形容。

"你刚刚是在新宿对吗？"他重新直起身，问我，我发现他比我高很多。

　　我不自觉地挺了挺身子："对，我在一条有居酒屋的巷子里。"

　　"对，你是跟着我走到了兔洞里。"

　　"兔洞？"

　　"兔洞只是个说法，爱丽丝的兔子洞，很好理解吧。"

　　"啊？"

　　"刚刚地面上的沥青你看到了吗？那个就是兔洞的标记。"

　　"啊？"

　　"我们现在是在阿苏山，是日本的一座活火山。"

　　"啊？"

　　"别呆着了，走两步吧，这里是人家的养牛场里面，待会儿被说就不好了。"他突然转身开始离开，我也跟着走，"先出了这个围栏，我跟你说。"

　　我看到不远处有一条红色的围栏，我跟着他朝那个方向走。

　　我看过很多关于瞬间移动的电影，最经典的应该是那部《心灵传输者》，男主从小发现自己可以通过意念到自己想去的地方，然后他离开了自己从小到大厌恶的家，把自己传送到银行里，带走了一大堆钞票，从此过上了早上在斐济冲浪，中午在埃及吃午餐，晚上又回到下雨的伦敦的梦幻生活。

　　我曾经很痴迷过瞬间移动，我查过不少相关的资料，从理论上来说，量子力学是可以实现在另一个完全不同的空间复制出一个一模一样的肉身的，但是这种传递并不是科幻电影里面说的那种穿越空间，更像是复制出了一个一模一样的人，这个人并不携带本体的意识和回忆。

"你能快点跟我解释吗？"

"你从来没有听说过兔洞旅行者吗？"

我们走到了大路上，这是一条车行道。

"没有，你能不能一次性讲清楚，我现在有点害怕。"

他又转头看着我："有什么好怕的，你很幸运你知道吗？"

兔洞只是空间错口的一个通俗说法。兔洞之所以叫兔洞，是因为每一次从一个入口进入到另一个，人都是垂直下降的，会从一个空间掉落到另一个空间。

理论上，所有的兔洞都是上下垂直的关系，就像超级玛丽的管道一样。

有一幅古代地图，天地海是从上到下三层的关系，其实说的就是兔洞。

兔洞并不是任意门，而是存在明确的兔洞地点的。世界上已知的兔洞有一千多个，里面有自然形成的，也有先行的兔洞旅行者凿开的，像刚刚在新宿街头的兔洞就是人为的，痕迹就是地上新铺的沥青。有的时候痕迹也会是地上的裂缝，但是火山这里的兔洞则是因为地壳活动剧烈而天然形成的。

所有已知的兔洞地标都记载在《兔洞旅行指南》里面，每半年会更新一次，因为兔洞会消失，也会增加。

兔洞旅行的方法，叫作现实扭曲磁场。

只有强化自己的意识能力，精神达到高度聚焦，让自己的身体处于一种特定节奏之中才可以进行兔洞旅行。

"我还是不懂，这不符合逻辑，什么叫让自己的身体处于一种节奏之中，怎么扭曲现实磁场？"

"其实如果你没有任何尝试就能达到现实扭曲磁场，那确实是很奇怪，我成年之后至少练习了一年才真正掌握自己的节奏。"他有些疑惑，但随之表情又开始变得轻松，"不过这也没有什么稀奇的，既然人能从一个地方瞬间掉到另一个地方，你有天生的兔洞旅行才能也没什么。"

"所以你的意思是，只要精神高度集中，在有兔洞标记的地方走来走去，就可以去到另一个兔洞，而这个兔洞可能在地球上任意一个角落。"

"差不多，但是穿越距离越远就越考验人的意志力，去越远的地方，重力加速度也会更强，不谨慎的话，可能会在兔洞里摔死或者被撕碎。"

我们两个人并排沿着山上的车行道走。

"所以，你能不能教我怎么样才能进兔洞？"我满怀期待地问他。

"可以啊，有空就教你。"

"什么鬼，你都会瞬间移动了你省了多少时间。"

"我也有正经事情做的好吧，我在考研究生。"

"哇×，都会这个了还念什么书，这个技能就已经能挣到花不完的钱了好吗？"

"犯罪是有心理负担的，电影看多了吧你。"他不屑地看着我。

"哎哟，哎哟，还假清高。"

"你说什么？！"

我们交换了微信，我知道他叫蒋力，住在上海，刚刚从上外毕业，现在准备考美国的研究生。

走了一小段路，我们终于看到了他想看的活火山口。

即使天色很黑，还是能看到远处火山口缓缓冒出的烟，其实景色没有想象中那么壮观，但是看着一座沉寂而随时有着爆发可能的山，就像看着一头沉睡将醒的猛兽，让人有一种敬畏之心。

此时万籁俱寂，蒋力待在那里一句话不说。

隔了半晌："你觉得不觉得，这样看着这座山，觉得又平静又可怕，像是随时会醒来的狮子。"

"哈哈，我刚刚就在脑子里想这个！"

"你想上去看看吗？"

"啊？"

他把《兔洞旅行指南》中的一页给我看，上面写着，阿苏山的火山口上面，有一个兔洞的标记。

"在上面往下看，一定很棒。"他说，转而又低头看着我，"不用害怕，不危险的，前些年这里也都开放人上去参观。"

"走呗。"这样听完我就觉得没什么好怕的。

"那现在你看我做一遍，看你刚刚是不是无意中做了这些。"

他闭上了眼睛。

我就这样看着他，过了一会儿之后，我开始感觉到他身上的变化，怎么形容呢，他的整个身体似乎都在同时呼吸，身体的起伏频率也带着节奏，有点像是在站着冥想。

然后他睁开了眼睛，我刚在想他要不要念些咒语什么的，结果他垂直掉了下去。

一切发生得太快了，我甚至都没有看清状况，我急忙蹲了下来，发现他刚刚站着的地方有一块地表有破裂的痕迹。

我摸来摸去，地面都是硬的。

纵使有再多的科幻电影观影经验，这种没有任何特效的画面真实呈现在面前，也实在是很想在身边找个人来一起惊呼一下："你他 × 看到没有！！！"

毫无预警，他又掉了下来，差点和我撞在一起。

"你看懂了吗？"

"怎么可能看得懂？"

"你站在这里，我教你。"

我站在蒋力刚刚站的位置，疑惑地闭上眼睛。

"我要想些什么吗？"

"这样，我有个诀窍，你可以试试回想自己看演唱会的画面，想象一下全场在大合唱的场景。"

我努力回想，想到了周杰伦的演唱会，全场一起大合唱《晴天》的画面。

"故事的小黄花，从出生那年就飘着，童年的荡秋千……"

"你傻不傻，还唱出声来。"

"你懂什么，唱出来可以更快进入状态。"

我开始努力回想那场演唱会的场景，我在门口等了很久，只买到一张看台的黄牛票。外面淅淅沥沥开始下起雨，我买了一件透明的雨衣，谁知道雨衣一套上就被身上的拉链刮破了，我听到场馆里面已经开始发出尖叫声，就急急忙忙往里赶。

登上看台的时候，我不小心"哇"了出来，巨大的环形体育馆，在黑暗中一根一根荧光棒闪闪烁烁。

周杰伦登场的时候，我忍住没让自己哭出来。

熟悉的吉他声音响起。

全场的尖叫声此起彼伏。

故事的小黄花

从出生那年就飘着

童年的荡秋千

随记忆一直晃到现在

Re So So Si Do Si La

So La Si Si Si Si La Si La So

吹着前奏 望着天空

我想起花瓣 试着掉落

…………

全场的声音跟着一起唱同一首歌，出奇地放松和感动。

慢慢地，我的呼吸似乎在跟着歌词一呼一吸。

我慢慢昂起头来，风在我耳边吹过。

呼，吸。

呼，吸。

呼，吸。

接着变化慢慢发生了，我感觉到空气能够直接进入到我的肺部，身上也开始变暖变得有能量。

我集中意念，想象着刚刚手册上面火山兔洞的标记。

呼，吸。

呼，吸。

呼，吸。

终于，我感觉如释重负。

我睁开眼睛，蒋力在离我一步远的地方饶有兴致地看着我。

我看看四周，我们还是在原地，什么变化都没有，凄凄惨惨戚戚。

"我就说嘛，哪里来的天生的兔洞旅行者，如果真的有，我这么多年不就白练了。"他损我。

我刚皱起眉头想怼回去。

他拉起我的手，一使劲。

我们两个手牵手同时坠落了下去。

他的手，好暖。

下降的他凑近我耳边说了一句话，我没有听清，刚想喊一声"你说什么"，我们就又回到了硬邦邦的地面。

这次我还是没适应过来，直接一屁股坐在了地上，地上满是碎石块，扎得我直喊疼。

"都是你啊，跟我说什么搞得我分心了！"

"傻不傻，我跟你说让你把膝盖弯曲，这样可以缓冲坠地的冲击力。"还有，他提了提帽檐，"下次最好戴个帽子，不然头发就会像现在一样。"

我刚想拿手机照一照自己的脸，却发现旁边有东西在隐隐发光。

我向下看的时候，不小心叫了出来。

我们站在火山口的环形山石上，往下看，是一片蔚蓝色的湖泊，细看会看得出来那不是水，因为湖面没有波动，而是静态的。一大片的蔚蓝中间还有不同层次的深蓝，湖面散发着幽幽的光芒，看起来又美又有气场。

"我以为活火山里面应该是红色的呢。"我呆呆地说。

蒋力没有回答我，我侧过头看他，他静静地看着湖面，眼睛里反射出蓝色的淡淡光芒。

他长得比女孩子还好看啊，他的睫毛浓密又纤长，虽然皮肤上有些痘痘，可是侧脸的轮廓看起来，整齐得就像漫画里的那些人可以一笔一画带过。

"嗯？"他温柔地问我。

"你长得蛮好看的。"我说。

"啊？哈哈啊哈哈。"

"就是痘痘有点多，肯定整天熬夜吧。"

"什么？最近比较上火而已。"

"是是是，我要是你，也肯定老是晚上跑出去周游世界。"

"拜托，我们是坐飞机过来东京的，我还有朋友一起来。"

"好了，我们回去吧，我刚刚也是和我朋友在一起，找不到我该着急了。"

"嗯，再看一小会儿。"过了一会儿他又说，"现在哪有人认真在看什么东西，都只是匆匆瞥一眼就走过了。"

他看着火山口，我看着他。

这个气氛，变得有点暧昧。

我又抬头看了一眼天空，星星似乎在拼命地向我们靠拢，压得很低很低，快要掉落的样子。

"老天啊，你不要对我这么好，我会受宠若惊的。"我在心里默念。

我们掉落回新宿的时候，环境从旷野瞬间变成闹市，我还是有点不适应。

蒋力走到身边的自动售货机，又给我买了一瓶梅子茶："喝点甜的吧，别吐人家马路上，待会儿又影响我们国人形象。"

我咕噜咕噜往喉咙里灌完之后，和他甩了一句："我走了啊，微信聊。"然后转身挥挥手就往酒店的方向走。

不能再看啦，再看会真的喜欢上的。我在心里提醒自己。

****

回到酒店之后，我躺在床上开始看他的朋友圈。

划到最下面，有一张他和一大堆朋友一起新年倒数的合照，大冬天他穿了一件连帽 T 恤和短裤，站在一群人中间，活脱脱像个大傻个。

他在下面有一条回复朋友的评论："这么热为啥不能穿短裤？"

他的自拍一般都是对着镜子拍的，大多都还模糊得要命。

"呵呵呵，不得不感叹中华料理博大精深，这是我做的第三条茄子了。"

"去游个泳，怎么泳帽就爆裂了，我的头有这么大吗？"

好傻，我看的时候都想笑出来。

喜欢上一个人，其实身边人很快就能发现的。

我和朋友在东京思出横丁吃饭的时候，她说我这几天一直在傻笑。

我一边傻笑，一边说："我哪有傻笑。"

其实就是刚刚和蒋力在微信聊天。

我们在便利店看到梅子茶我就会莫名其妙变得开心。

过了几天蒋力的头像换成了一张他穿日本浴服的照片，我也把头像换了。

噢对了，我那天发了一条朋友圈，叫作："感谢老天，让我拥有超能力。"

下面的人都在评论：

"对，是超能吃。"

"还有超能睡。"

"超能拉。"

朋友圈里，那排黑色的字下面，有一排小小的正方形图片，其中有一个，是蒋力的头像，他是第一个点赞的。

回国之后，蒋力同学给我发了一张广州的《兔洞旅行地图》，没想到我们大广州，只有四个兔洞口，还好其中一个离我家挺近。

我们约好每周五晚上练习两个小时的兔洞旅行。

那天之后，我和他都只是断断续续地用微信聊天，他有的时候回得很慢，不过他解释过自己不想整天黏着手机。

我们第一次练习那一天，我很早就到了约好的地方，是在两栋商业住宅中间的一条小路，我转了两圈就找到了新铺上去的沥青。

我自己又模仿蒋力在火山上教我的，尝试了几次，可是都没有成功。我看着手机，距离约好的时间，越来越近。

我也变得有点紧张。

七点三十了。

他还没有掉下来。

七点三十五的时候，他以一个缓冲的姿势掉到了新铺好的路面上。

"Hi！"他今天换了一顶帽子，穿着一件卡其色的无袖背心和短裤。

"我刚刚试了好几次，都不行。"我有点垂头丧气。

"哪有那么快的，你以为是去市场买菜啊。"

"那我第一次怎么就跟着你跑进去了呢？"

"先别想这个，先试试练习。"

我在他的指导下，又试了好几次，结果成功率为零。

蒋力说他看得出来我没有完全静下来，因为高度的意识集中其实也是大脑高度平静的一个状态，想要专注一定要先静下来。

他突然灵机一动："你做过陶艺吗？"

"没有。"我摇头，说到陶艺我想起周星驰的搞笑电影。

他打开手机查了一会儿，然后打了个电话过去，估计是在问陶艺课还有没有开。

"Yes，今晚还可以上，咱们走。"

陶艺班在一栋住宅里面，是个小型的班，里面还有绘画课的布置，我以前从来都不知道还有这样的班可以报。

交钱的时候，他拿下巴指一指我，说："我是陪她来的，她给钱。"

陶艺的老师笑得好开心。

老师一人分了一块泥给我们，还有一小盆清水，她让我们把泥放在转盘中间，先轻踩踏板，让转盘匀速旋转，然后用手合在一起塑形。

我做得很快，而且踏板踩着踩着就上瘾了，转盘旋转的速度越来越快，一不小心泥巴就垒得太高了，变成一个长柱形，结果中间拦腰断掉。

做了一会儿我就开始嫌烦了。

我转头看他，他倒是不意外地很专注。

每次从侧脸看他一脸认真的样子我就容易走神，陶艺很难静下来，倒是他可以让我静下来。

他察觉我在看他，转头看了我一眼："干吗，帅得挪不开眼是吧？"

"不，是看你做的这个很像烟灰缸。"

"滚，你看看你转盘上那一坨。"

我已经失败好几次了，所以老师特意跑来指导我。

老师护着我的手，把形状固定住，一个高脚碗的形状慢慢呈现出来了，蒋力在旁边说："如果觉得可以了，就可以停了，不一定非要做成什么样的。"

我点点头，停了下来。

老师帮我把碗给取了下来，放在架子上风干，她让我们下个礼拜来上色。

结束的时候厅里面正好在放歌，是林宥嘉和一个女生合唱的，我第一次听，却觉得很有熟悉感。

做完陶艺出来已经九点了，我们走路回到刚刚的兔洞。

他又站在原地示范了一次给我看。我点点头，说我自己来。

我再次想象周杰伦演唱会的场景，发现不行之后，就换成五月天的演唱会现场，还是不行，我就改成苏打绿。

越试我的心情变得越烦躁。

最后我干脆蹲在地上，动也不想动。

"我以前刚学的时候也是这样。"他说话的声音真的很温柔，但我觉得里面带着安慰。

"我妈教了我很久我才学会的，哈哈，回头我再请教一下她老人家有没有秘诀。"

"不爽不爽不爽，我以前学东西很快的。"我感觉很沮丧。

他走过来向我伸过手，我抬头看他，然后把手搭过去。

我原以为他想拉我起来安慰我，结果我们再次往下坠落了。

我们差点撞到一个摆摊的老人家。

"哎？你们两个年轻人哪里跑出来的啦，都不看一下的哦。"

这个口音……

086 – 087
It's Your Life

　　我四处张望，发现我们在一条小巷里面，外面人来人往，灯光红红黄黄的看起来很热闹。我松开他的手往外跑，发现周围的牌匾上全部写着繁体字。

　　正对着我的有一个大大的闪着灯的架子，上面写着"饶河街夜市"。

　　我们居然在台北！

　　"我以前要是练习得不好，我妈就会带我来这里。"蒋力站在我身边，"要不要吃点消夜。"

　　我开心疯了，换了台币之后我们就挤进了夜市的人流里面。

　　"大肠包小肠一份！谢谢。"

　　"魔芋一份！谢谢！"

　　"辣妹鸡扒一份！谢谢。"

　　"烤生蚝十个，烤羊肉串十个！谢谢。"

　　我前两天还在喝青汁酵素减肥，今天就在这里大快朵颐，我觉得好罪恶，也好快乐。

　　蒋力坐在我对面，歪着头，他顺手拿起一块鸡扒，咬了一口，然后被烫得哇哇哇地大叫。我一边吃一边笑得不行。

　　这条夜市比我想象中要长一些，人又很多，我和蒋力只好贴得很近以小碎步往前移动，后来我终于找到了心心念念的棺材板。

　　棺材板的外层是用烤好的面包片做的，里面放了不同的馅料，因为方方正正所以名字叫棺材板，听起来怪怪的，可是味道很棒，我几年前来台湾旅行的时候每天晚上都要跑出去吃这个。

我们在等棺材板的时候，老板娘一边做一边假装悄悄跟我说："美女哦，男朋友那么帅那么高要看好不能跑了噢。"

我们俩都听到了。

我没看他的表情，他也没否认。

又是有点尴尬的暧昧。

不过食物的香气很快就冲散了一切，我们俩足足逛了两圈才停下来。

真想把这个夜市搬回广州啊，我可能每天都会幸福到晕厥。

走的时候我还打包了两份大肠包小肠，等会儿带回去给爸妈吃。

"你也不怕他们问你怎么来的？"他问。

"我就说家里附近新开的小吃啊。"我回答。

"小心他们每天都让你下楼买。"

我们俩慢悠悠地回到巷子里，小巷很空，我们俩又安静了下来。

我在想要不要说些"今天很开心"之类的话，可是觉得很蠢所以没说出口。

我索性直接伸出手给他："走咯？"

他点点头，抓住我的手。

因为做好了心理准备，我开始习惯这样的坠落了。我们回到了广州的地面。已经差不多十一点了，蒋力说送我回家他再走。我们俩沿着自行车道往回走，还没从刚才的热闹中缓过来，我们俩都没怎么说话。

　　"真想快点学会这个能力啊。"我先开了口。

　　"慢慢来，你比我有天赋。"他说。

　　"那这阵子，你先带我到处旅行咯。"我说。

　　"哈哈，你还想去哪儿？"

　　"我想想……马来西亚？我没去过！不行不行，马航不靠谱，不对啊我们又不坐飞机……

　　"我最远的单程旅行就去北极，而且一定要早上去，晚上累了精力就不是很集中，不过也可以转两个兔洞，就跟转机差不多……"

　　我们快走到我家了，时间晚了，楼下的花园里一个人都没有。

　　我转头看着他，脑子里突然有一股冲动。

　　这个感觉已经在身体里面按捺了很久，一直都没有说出来，现在在一点一点尝试撬开我的嘴巴。

　　我不想再忍耐了，顺着冲动的想法脱口而出。

　　"我喜欢你。"

　　"嗯？"

　　我们俩不约而同停了下来。

　　我们站在一盏路灯下面，灯光忽明忽暗，他逆着光低头看我。

　　当时的灯光氛围，让我觉得现在就是正确的时间地点。

　　"我喜欢你。"

　　我又说了一次。

我盯着他的眼睛看。

他没有回话，侧过脸看别的方向，沉默了。

糟糕了。

我意识到这是个不好的兆头，开始变得有点慌乱。

"呃，就是第一天我刚见到你的时候，其实我就有这样的感觉了。我知道女生太主动不好，但是我是那种有想法就说的，不然我会觉得很憋……"

"我刚刚和女朋友分手。"他低着头说。

那不就刚好可以和我在一起吗，我心里这样想。

"我还喜欢她，我想追回她。"他慢慢地说。

这是我没有预料到的。

感觉真的有点缓不过来。

"哈哈啊哈哈哈，那你应该去追回她啊。"我刚说出口就后悔了。

"我告诉她了，但是她不找我，所以我在等她。"

我想把自己的头埋在我家楼下花园的土里，身子也埋进去。

"我家就在前面，你不用送了。"我弃权，我举白旗，我兵荒马乱，我走为上策。

我再也不敢看他了，朝我们家的方向快步走过去，如果可以，我想马上扫码一辆共享单车，风驰电掣地骑回家里去。

听着脚步声，我知道他跟着我走了一阵子。

但是直到我推开家楼下的大门，我都不敢回头看。

回到家之后,我开始机械性地洗澡、洁面、护肤,然后扑倒在床上,用枕头盖住自己的头。

我不想回忆今晚任何一个细节。

我想当一切都没有发生。

我用手机搜到了那首歌。

是林宥嘉和郁可唯唱的现场版《浪费》:

有一个人能去爱 多珍贵

没关系 你也不用给我机会

反正我还有一生可以浪费

我就是剩这么一点点倔

称得上 我的优点

…………

× 的,人苦情了。

~ ~ ~

第二天我就又好像打了鸡血一般。

我恢复得莫名其妙,一觉睡醒我又满血复活。

我在心里分析了一下,至少他现在也是单身,幸好他女朋友现在不理他。

我知道他是金牛座，所以我开始在知乎上面搜索一些追金牛座的技巧。

这实在太不酷了，可是我忍不住。

我看到好几篇文章，都统一性地指出了金牛座的男生很难搞，但是如果搞到了，就会对你忠贞无比，只对你一个人好，好起来还会宠到没有原则。

最重要的是有一篇得到了两千多个赞的评论，说她跟金牛座表白了三次都被拒，第四次才成功拿下，在她的描述里，金牛座拒绝你其实只是因为他们在观察你，天生慢热的他们，需要一点时间去消化身边的人和事。

这让我重新开始斗志昂扬，瞬间把自己代入《恶作剧之吻》里面袁湘琴的角色，既然那样好上天的男人都能被袁湘琴泡到，那我这个应该没有那么难搞定。懂得穿越和瞬间移动又怎么样？Impossible is nothing，right?（没什么是不可能的，不是吗？）

最主要的是我不相信他对我一点意思都没有，不然怎么会愿意跑来教我这，教我那，正常人早就该干吗干吗去了啊。

给自己做好心理准备之后，找了身边一个天蝎座朋友做军师，感觉他们是各大星座之中最具备情感智慧的了。

我把事情的来龙去脉跟她说，她"哎呀呀"了好几回，最后给我几点建议。

1. 先别找他，别人是慢节奏，你也得调整自己的节奏，那么猴急干什么。

2. 要追到也不是没有办法，但是要留心，观察他的喜好和想法，适时再出击。

3. 下一次找他聊天，还是用朋友的身份跟他聊，把气氛缓和起来。

4. 如果下一次聊天成功，每天都找点有的没的和他说，让他习惯你的存在。

5. 下一阶段的事下一阶段再讨论。再说一遍：不要着急。

我每天都点开蒋力的微信看几眼，看看他有没有发朋友圈，隔了几天之后，发现他的头像又变成了皮卡丘。

我在琢磨，皮卡丘意味着什么？

我发给朋友，她说我又想太多了，人家喜欢卡通你也要瞎琢磨一通，你有违人体力学知道吗？

被骂跑之后，我只好每天等他更新朋友圈。

其实每一条都很无聊，但我还是拼命克制自己想要评论的心。

他说自己刚刚去看了《神奇女侠》，激动得跑去 Instagram 把女主的照片都 like 了一次。自己明天还要二刷。

我心里想，他 × 的约我啊，我有时间！

他和朋友深夜到澳门，准备去睡觉，结果阳台上面大放烟火，他一个人无奈地在外面等它响完。

我心里想，这么无聊你他 × 叫上我啊，我也很闲。

他说陪朋友去练舞，以为只是随便晃动一下，结果里面所有人都一字马大劈叉……

我心里想，你看我们又有共同点了，我们都是跳舞白痴！

我重复告诉自己。

等一等，再等一等。

周四的时候，我终于收到了他给我发的微信。

"明天还训练嘛，不训练的话我去游泳了。"

我想了很久之后，打了一句。

"要要要，奇异博士都在喜马拉雅山学了那么久！"

"哈哈哈哈哈哈，那明晚见。"

"嗯，明晚见。"

发完之后觉得很酷的自己其实在床上弹跳了十来分钟，兴奋得停不下来。"他找我了！""他找我了！""他！找！我！了！"恨不得把所有的亲朋好友单个私聊一遍，跟他们分享这份喜悦，比春晚当天还热络。

当然了，我没有失去理智到觉得这表明了什么，只是有机会回到原点而没有完全毁掉这段关系，让我心里有一些庆幸。

也不知道是不是心里抱着"即使男生没泡到，至少捞个超能力回来，以后环游世界不求人"的想法，这一次的训练我似乎开始摸到一点诀窍了。

蒋力告诉我，一开始的意识聚焦，并不是想着你要去什么地方，而是平静下来，去感受此时此刻的身体节奏。不要想着目标，想着留存当下。

留存当下。

我看着四周，夏夜里，四处灯光都是暗黄色的，照在稀稀落落的植被上。住宅楼里亮着灯的阳台上，一排一排晾着的衣服被风吹得微微摆动。保安亭里，有跷着腿的大叔和风扇旋转的声音。骑单车经过的男生女生，轮胎轧过地面井盖想起的哐当声音。

两步远的蒋力看着我的样子很专注。

我不自觉地看着他的眼睛。

我在想，和他在不在一起其实并不重要，这样看着他的时刻，也很美好。

就算没办法拥抱他、亲近他，这样看着他在不远处站着，也很满足。

满足感让我觉得愉悦。

不论此时此刻是停滞，还是延续，我都觉得自己发自内心地快乐和自信。

我闭上眼睛。

扑通。

扑通。

扑通。

扑通。

我听到了自己心跳的声音。

过了大概十秒钟，我掉了下去。

我知道自己成功了。

掉下去之前我还模模糊糊地听到了蒋力"woohoo"的一声惊喊，像个白痴。

重新掉落在地面上的时候，我睁开眼睛，我想我至少应该去到了广州的另一个兔洞坐标，可是四处一看，蒋力还是站在我离两步远的地方，身边还是一样的保安亭和住宅楼。

"奇怪！！！我明明已经掉下去了啊。"

"哈哈哈傻啊，你不知道坐标啊。"他把兔洞指南拿给我，"你要在即将坠落之前的一秒内在心里念出坐标，时间要拿捏好，太快太慢都不行。"

我又试了几次，要么就是坐标没念完就掉了下去，要么就是太紧张没有念对南北纬，结果还是只能掉回原地。

蒋力倒是觉得我进步神速，训练两次就能够掌握基本技巧了。

再练几次发现没有进展，我又开始动歪脑筋了。

"哎哎哎，今天能不能也带我出去玩？"

"你想去哪儿？"

"哪儿都行吗？"

"看你想去的地方啊……哎……"他好像突然想到了一个地方，

"我带你去看夜景吧，那个兔洞的位置不用给门票。"

他走过来牵我手的时候，我们俩都有那么一瞬间的不自然。

但是蒋力很快就进入状态，让我没有时间在意那么多。

他很熟练，每次他闭上眼睛之后，只要倒数个八秒，我们总是准时往下掉落。

只是这一次坠落的时间有点长。我适应这样穿梭是有技巧的，每次进入兔洞前我都告诉自己要保持匀速呼吸，因为在调节呼吸的时候其他注意力会被分散，有助于忘记坠落的不适，而且一定要闭上眼睛，就像坐过山车一样，咬咬牙就过去了。

但这次下落的时长让我不小心睁开了眼睛，我看到四周模糊又五颜六色的光迅速流动，我往下看，发现我们居然在城市的上空向下掉，身体里的不适又冒了出来，并且让我变得慌张，我开始重心不稳，头重得想要往下倒。我用手捂住自己的嘴巴，害怕自己会随时吐出来。

~~晕晕乎乎~~之中，蒋力抱住了我。

即使这样也只是稳住了我的重心，并没有让我舒服过来，我根本无暇顾及自己喜欢的人抱住我这个事实。

我们终于掉到了地面，这次因为他抱着我，我们到地面的时候还比较稳。

我挣脱开他的手，找到一个垃圾桶，忘情地吐了出来。

他站在我旁边，我看他想要拍我后背的手，却僵在空气里，没有动。

"对不起啊，我都快忘了远距离的兔洞让人觉得有多不适了。"

我举起手，示意他先不要说话。

心里却在骂他，你是老司机，我可是新手啊老大。

缓过来之后，我抬起头，我才知道我们在一个观景台上。

"这里是纽约的洛克菲勒中心。"蒋力在我后面说。

好奇把我的不适压了下去，风呼啦呼啦地吹，我快步走到外面的平台上，一层厚实的透明玻璃之外，我看到视线范围内铺开的庞大的城市星光。

高高矮矮的建筑交错在一起，却没有杂乱感，几栋显眼的标志性建筑分布在眼前，每一栋大楼的灯光，都是深深浅浅的暖黄色。

我一点也不觉得城市疏远人。

我们经过几万年的进化才从丛林生活搬进摩天大楼。

即使在那么多年前，我们也想要和部落和族群生活在一起，因为只有人与人之间接触和相处，才有美好的事情发生。

承载数十万人口的钢筋水泥之地里，虽然有残酷的竞争、有破碎的梦想，但也有温暖的家，也有再次奋斗的勇气，也有一直在身旁的朋友和爱人，还有夜里让人安心的灯光。

那一瞬间我想到很多画面。

十字路口转角的露天咖啡店桌上面的热巧克力缓缓冒着烟。

斑马线尽头，悠闲听着歌的少女和紧张看表的上班族一起等绿灯。

长椅上拿着外卖牛皮纸等待男友下班的女生一直隔着纸袋摸温度，怕食物凉了。

建筑旁西装革履的男生一边打电话一边松开了领带，露出疲倦的笑。

蒋力站在我身边，一脸惬意。

风往我脸上吹，我晃晃悠悠地，穿着短袖的手碰到了蒋力的手臂，心里还是咣当了一下。

"很棒吧，帝国大厦我也去看过，可是风景没有这么棒，而且还要花钱。"他说。

"嗯，你迟点就要来这儿念书了欸。"

"对啊，所以我很兴奋。"

"真好。"

"你也可以来啊，你想学什么？"

"我想学……广告。"

"哈哈，很符合你的性格。"

"你来美国念什么啊？"

"我本来想学机械的，可是觉得有点复杂，所以我打算学编程。"

"所以你以后要变成乔布斯吗？"

"乔布斯自己不编程的好吧，他只管卖，类似你做的编程，我帮你卖。"

"我哪有那么棒。"

"你有的。"

我突然想起 Sam Smith（萨姆·史密斯）的一首歌：

My mind runs away to you

With a thought I hope you'll see

Can't see where it's wandered to

But I know where it wants to be

I'm waiting patiently

Though time is moving slow

I have one vacancy

And I wanted you to know

That you're the one

Designed for me

A distant stranger

That I will complete

I know you're right but

We're meant to be

So keep your head down

And make it to me

我自己翻译了一下意思。

我的思绪不自觉跟着你逃走了

我有个想法希望你能感知到

我看不见它是怎么游走的

但我知道它想待在哪里

我可以很耐心地等待

尽管时间走得很慢

我心里有一个空缺口

我想你知道

你就是生来

与我相知相遇的人

你是一个遥远的陌生人

我在等待你

完整我的人生

我知道你说得对

但我们明明注定在一起

所以，能否听我一次

相信我一次

"你有没有听过 Sam Smith？" 我问

"有，我今天还在听他的歌看书。"

"每次听他唱歌都感觉很放空。"

"林宥嘉的歌也是啊。歌词都很戳心。"

他轻轻哼了句："已武装好，练就百毒不侵的你，怎么还会不忍心。"

×，我在心里喊，这是我很喜欢的一句歌词。

"我和我前女友在这里楼下的一家韩国烤肉店吃过饭。"

他眼睛下垂，隔着玻璃若有所思。

"现在想起来，有点丧。"

就像在火山顶上那晚一样，他的眼睛反射着灯光的样子好看又迷人。

不知道为什么，我听到的时候其实不大难过。

呃，好吧……其实有点难过。

但是没关系啊，我可以等的。

世界上那么密集的人口，刚好让我在东京遇到了你，刚好让我知道这个世界另一个奇妙版本的存在，刚好让我们两个人之间有了联系。如果命运都已经安排了这么多，我努努力又算什么？

嗯，我可以等的。

"走吧。"我和他说。

他回头看我，说："好。"

我们回到刚刚兔洞的坐标。

"要是真的受不了，就在心里数数，大概一百下就能到了。"

我点点头。

我们重新牵起手，我闭上眼睛，做好了心理准备。

先是倒数八秒，我们开始坠落。

我开始数数，在心里大声清晰地念：

一。

二。

三。

四。

五。

六。

没数到十，我们就又重新回到了地面。

我奇怪地睁开了眼睛，发现我们俩还在洛克菲勒中心的观景台上。

我疑惑地看着蒋刀。

"我们出发时的兔洞坐标消失了。"

我看到他头发上微微有些出汗。

你捧着刚刚买好的双人份咖啡，你握着订好的两张电影票，你拿着两份还没开始融化的棉花糖冰激凌。然后你突然想到，你喜欢的人，不喜欢你。

情绪放大的时候，乌云也和自己有关系。无感的时候，有人对你说我爱你，你也毫不在意。

他走路的时候会用语音回复别人的消息，他的手很白又细，不停地敲打在屏幕上，真的很好看。

他喜欢背质感很好的皮质背包，从背后看起来，他像个小孩子一样。

他和我说话的时候，眼睛会一眨不眨地看着我，他不知道，那样的眼神让我想躲都躲不开。

类似爱情

我叫源子，我同事都叫我原子弹。

我不太意外，这个外号从我小时候就开始有人叫了，本来是一个文雅写意的女生，轰的一声炸出山河沧海一片，变得威猛无比。

其实我还挺喜欢这个外号，因为我觉得大家这么叫我，不仅仅是因为顺口，而且我工作的效率，还真挺原子弹的。

我在一家新媒体广告公司工作，每天聚焦在老板分发下来的各种各样的推广 case，从微博文案到微信公众号再到各大平台新闻稿，从视频策划到直播脚本，我基本上都干过，而且干得都还不错。我觉得做新媒体是要讲触觉的，什么是触觉？就是你看到一篇阅读量过十万的公众号文章或者是一条热门微博，你会很快 get 到这个内容的核心点在哪里，抓取到观众同感、刺激大家转发的点在哪里，然后迅速消化转为自己的内容，这就是触觉。

关于触觉的这番话，是我老板教我的。

说说我们公司吧，成立才两年，已经是业界小有名气的公司了，主要就是推火了几个网络综艺节目和几部网络剧，推爆的程度就是我一说出来，你就会"噢"地表示知道的。推爆的这几个项目，基本上都是老板自己操刀的。

我有幸参与过其中一个网剧的推广，那是一部我们连第一集前十分钟都觉得看不下去的网络剧。原版小说我看过，我们高中的时候流行过一阵，主要就是几个富二代爱恨情仇的故事，小说里对男主的描述是天上有地下无的配置，女主虽然是白莲花，可也是最美丽可人的白莲花。但是网剧还原出来的效果，真的太抠了，晚宴变成乡镇茶所招待会，法国餐厅变成城中村西餐。既然是网剧，成本有限这些其实都可以原谅，主要是剧里男主女主选得实在是惨不忍睹。

我们开策划会的第一步就确定重拍海报。先是花高价找了一个韩国造型师，把主演的造型全部换了，从剧中的妖艳浪变成了素雅净。然后让他们换上纯白色衣服，躺在一片小花海里面，最后经过后期，呈现出来的效果是四个主演一起躺在漫山遍野花海中暧昧地看着彼此。

本来颜值不过关的主演们，因为侧脸入境，竟有了那么一两分高级味道。海报出炉后在美图秀秀和微博大 V，还有微信大号里面同时做推广，第二天这部剧就上了微博热搜。

第二波宣传，男主是个颜值不够，身材来凑的男演员。老板抓住现代欲女们的口味，以运动小鲜肉为主题，拍了一些男主在拍摄片场不小心走光的 gif，再加上男主平时的一些生活照，找了几个以"色"出名的女性微信大号，文章很快就破了十万。

也许你觉得这些宣传方式没什么出奇，但我们老板总是第一个用的人。

老板不喜欢用别人用过的套路，自己用过的也不允许自己再用，所以每次头脑风暴都是我们最痛苦的时候。当我们战战兢兢提出构想，老板一脸疑惑地看着我们，然后问："你刚刚说的是认真的吗？"就已经够我们不寒而栗了。

我最欣赏老板的地方，应该是他的衣品。

他每次回公司穿过我们的位置回到办公室的时候，总像是走了一次小型的 T 台。老板的自恋，我们是懂的，但无奈品位不错，也没有什么槽点。老板的衣服很少重复过，材质总是很讲究，即使是一件最简单的黑色 T 恤，近看也发现很有质感。

有一次我和老板一起出去谈项目，在电梯里面，我实在忍不住不怕死地用手摸了摸老板的一件黑色暗纹外套，老板皱着眉头侧过脸低头看我，我连忙说："我刚刚看到有点脏，就……"

有一段时间他的私人助理离职了正在等新人顶替，那阵子我就临时充当了他的助理。接着我就常常在非上班时间，在微信上收到各种各样莫名其妙的指令，比如说他在杂志上看到的一个模特，他说要找她的联系方式，当我脸红心跳地以为自己要帮老板泡妞的时候，那个模特出现在了我们下一个广告拍摄的片场。

有的时候老板会截图他的 iPad 上面他正在看的节目画面给我看，然后让我找井柏然身上的那件衣服，或者是他在某本杂志上看中的腕表，又或者是一眼而过的海报、只能大致说出外形的戒指。在几个找同款的深夜里，我都恍然以为自己是干时尚行业的。

不过，我是原子弹嘛，所以老板的任务我每次都完成得很有干劲很开心，即使那天他让我要陈坤的私人微信，我都努力办到了。

一部分是因为这对我的工作是挑战，另一部分是，我觉得自己更了解老板了。

我们公司的几个女同事曾经意淫嫁给老板的优点与缺点。

优点是：有钱，有品位，生下来的小孩基因好，产房和坐月子中心都可以去私人护理中心……

缺点是：可能会花心，可能不太体贴，可能不懂甜言蜜语，可能不会照顾人，但是先把孩子给生下来，怎么都不亏。

这个世界上，好男人和女生的供求关系总是那么极端。

和老板关系变近，应该是老板的新书发布会的时候吧。

老板是个对时间管理非常痴迷的人，他坚信每一分每一秒都可以被彻底利用而完全不被浪费，虽然这个论调足够让我翻上一分钟的白眼，但是老板的前两本关于时间管理的书销量都上了各大排行榜，还有国际一线大咖给他作序。

他的第三本新书叫作《你其实对你知道的一无所知》，大意其实是在讲做广告这一行的背后有很多别人看不到的艰辛史，包括几个业内大八卦，以及他是如何成功打造出几个经典营销项目的。

不得不说，这本书的封面上，二十七岁的老板，穿着BALMAIN（巴尔曼）宫廷风格的套装西服，看起来充满了魅力。

所以也不难解释，这本书除了受到行业内的一致好评之外，发布会里还挤满了十七到二十五岁的笑容暧昧的女子。

发布会那天，老板有点惯例紧张，他在私底下见分量多重的人都不会紧张，但是唯独见到人多的场合，他会有些不在状态，我看到他在后台来回踱步，额头微微流汗，表情笑得不太自然。

凡弟是负责老板对外接洽的，我们常常叫他阿凡达，因为他手长脚长，走路的时候总是飞快，根本跟不上。

凡弟看到老板紧张的样子整个人也跟着慌了，一直在问老板需要不需要推迟发布会时间，老板的发型因为流汗变得有些凌乱了，桌面上放着的矿泉水也一动没动。

我正准备和凡弟说我要下去给老板买点吃的，场外不知道为什么突然一片躁动。

凡弟让我出去看，我蹬着高跟鞋往外走的时候，看到我们最敬爱的人民警察出现在了我们发布会的现场。

场地负责人正在和他们协商，我走近一听，原来我们这里现场人数已经超过两千人，原先的活动规模定下来是一千人左右的，所以不需要对公安进行报备，现在人数翻倍，楼下门口还有人集众，所以惊动了公安，他们现在要检查现场人力以及消防，有百分之八十的可能我们这场活动会被取消。

我们那天举办活动的场地是在购书中心的顶楼，那已经是整个购书中心能够容纳人数最多的场地。我看到购书中心的负责人站在那儿面露难色。

我让公安大哥先检查消防，然后我拉着负责人聊 plan b。

我刚刚进场的时候看到购书中心大厦的一层中庭因为每周日都在办亲子读书活动，所以圈起了一大片地方，虽然顶多也只能同时塞下一千个人，但是购书中心是环形中空的设计，二、三、四层的人只要靠着围栏就可以往下看到活动的情况。所以，我估摸可以用亲子活动的场地，在二楼三楼四楼的围栏旁边腾个空间出来排队，这样一楼的人排队就可以一圈一圈地排到上面去，等待的时候也可以往下看不至于骚动。而且这对我们有一个好处，这样子可以吸引到购书中心周六的自然人流，本来来参加的人就可以造成人群效应，现场会有非常火爆的效果。

购书中心的负责人有些犹豫，说亲子活动并不是她负责的，要调度还要找上面的领导，而且现在临时转换场地，现场物料搬过去也要另外找人，balabalabala。

我转头迅速算了算现场的物料，也就是一块背景板和一些展架，没那么复杂，我们从公司叫人就行，估计主要原因还是前面那个问题，她不愿意找领导，嫌麻烦。

我迅速板起一张脸，厉声说道，换物料我可以马上叫人过来，但是如果你再犹豫下去，活动你们到底还办不办？和公安报备这种事情本来就是你们承办方负责的，我们老板每次新书都在这里办，还不是你们的领导一直和出版社要求的？我们做的是广告行业，你应该知道好事不出门，坏事传千里是什么意思吧？

负责人脸色也变了，但是还是绷着一副强势的样子，说这不是自己马上可以决定的。

接着我又柔声说道，现在都到这个节骨眼了，就是考验大家的时候，说办不成当然很简单啦，但是外面这么多人，都是来见我们老板的，如果见不成，在下面闹起来，对书城的形象也不好。这样吧，您先问问领导，我们也不希望破坏这么好的合作关系。

这个时候负责人顺着台阶下了，说自己现在马上打电话问问。

凡弟从后台一路小跑出来，火急火燎地问我，你干吗呢，不回我微信，听说这里消防有问题？都惊动警察了？

我一边安抚凡弟，一边跟他说我们刚刚临时调整的计划，说现在就等负责人沟通换场地了，如果没有问题的话，就从公司后勤拉几个人出来，把物料往下搬。

凡弟摸着后脑勺听我说，我和他说你别紧张，我大致都安排好了，你让化妆师助理去楼下超市买一盒蓝莓，再去星巴克买杯拿铁。

我听之前那个离职助理提过老板特别喜欢吃蓝莓，有一次跑到广西一个小县城拍片，大半夜的他让小助理出去买蓝莓，那可是过了七点街上就乌漆墨黑，只有两三家大排档还开着门的县城啊，他居然要她找蓝莓。

她恨不得到路边的蔬菜田里刨蓝莓，我当时还纠正她，蓝莓不长在田里，是长在树上的。

她说你听我说完嘛，然后就说自己找到一家小卖部，破天荒地有卖蓝莓味道的好丽友蛋糕，她战战兢兢地捧着好丽友敲老板房间的门，做了被骂的准备，没想到老板看到之后心情似乎不错，接过蛋糕后说让前助理等一下，过了一会儿，他拿出好丽友里面的两小包，从门里递出来给前助理。

她说这是她人生中最美妙的夜晚，她接过小蛋糕的时候快哭出来了。

她和我说，你一定要好好对老板。

凡弟这种直男肯定不懂留意这些细节，说着说着，负责人回来和我们说场地 OK 了，但条件是书要是再版加印必须还要回来再办一场。

这个时候凡弟开始打电话回公司叫人了。我往后台走，一方面要问问老板是否愿意再来办一场，另一方面我得邀功啊，我在心里不禁为自己的小算盘鼓掌。

没想到的是，我跟老板一五一十地讲清楚情况的时候，他脸色突然沉了下来。

"谁告诉你我同意去一楼办了？

"你一定要我说得那么明白吗？我不习惯出现在这么多人面前。

"谁让你自作聪明，替我做决定了？"

我在心里反驳了好多句：

"同样是办，也是你告诉过我们，做广告就是把每一个事件都尽可能在现有的条件里，把传播做到最大。

"面对一千和两千人，区别真的有那么大吗？你平时在办公室里的状态去哪儿了？

"×，老娘难得聪明一回！"

但是我什么都没敢说，只是站在原地低着头，我觉得这个时候我不应该讲话。还有就是公司别的人在现场，我面子上也快挂不住了。

后来凡弟进来了，我就慢慢地挪了出去。

我们同事很快就到了，开始把展架、背景板拆卸下来，购书中心的广播开始循环播放"著名广告人陈夕俊的新书发布会马上会在一楼中庭举行，请大家少安毋躁，遵从工作人员的指示"。

后来我一直都在离老板很远的位置看他，不太敢靠近，免得他发脾气。

化妆师助理急急忙忙地拿着纸袋上来了。

我看到凡弟给他递蓝莓的时候，他虽然还在看微信，可是打开盒子，抓了一把吃起来。

我的心稍微宽慰了一些。

活动终于开始了，老板在台上，纯白色的背景板上是各种各样的品牌赞助 LOGO。老板里面穿了件白色衬衫，外面套着蓝色的西装套装，九分裤露出了一点点脚踝，整个人看起来简单硬朗。他皮肤很白，眼睛不大，可是看起来很有神。

他侧过脸和主持人聊天的时候，我听到靠得近的有个女生说了句："×，好帅。"

我不得不说，我完全赞同。

老板站在舞台灯光里，他脸上每一个表情都放大放慢了，我在台下看他高挺的鼻梁，红红的嘴唇，还有下面的喉结，我忍不住吞了一口口水。

我掏出手机发了一条朋友圈：×的，我都要忍不住给我老板做应援了。

当然了，分组可见，只有我那几个御女同事才看得到。

新书发布会有惊无险地结束了，就是签书过程拖得有点久，原定三个小时，最后五个小时才全部签完。

我整个人筋疲力尽，感觉快要散架，凡弟还在工作群里撺掇着我们一起去吃消夜，我说自己太累了，先回家了。

回到家之后，打开电视，手机又收到一条微信，是老板发在同事群里的消息。

"大家今天辛苦了，回去好好休息。"

我把手机重新放下，躺下闭着眼睛。

老板就是这一点不好，他对自己其实并不是很有自信。今天白天他站在舞台上讲自己作为广告人的信仰，讲我们公司从两个人开始做起的创业历程，在讲自己热爱的事情的时候，眼睛闪闪发亮的样子，为什么不愿意让更多人看到？

我当时抬头看，每一层楼都围绕着密密麻麻的人群在往下看，他创造了一个磁场，而焦点，是他自己。

那个时候的老板，既熟悉又遥远。

我想了想，还是跳起来，给老板发了一条微信。

"老板，今天我擅作主张是我不对，但是我想说，老板你以后一定会站上更棒更大的舞台，所以你一定要对自己有自信，你在工作时候的状态才是真正的你，坚定又有魅力！加油！我们都是你的粉丝。"

虽然是马屁，可是是真情实感的马屁。

我看到微信对话框上显示对方正在输入，然后又停止了，接着又是正在输入。

最后他给我发了五个字："嗯，一起加油。"

他从来没给我发过这样的东西，我忍不住在家里笑出声来，把手机丢到一旁，冲去洗澡。

因为老板的新书在各大电商上架当天就冲到了同类书籍排行榜的第一名，所以老板接下来的商业活动也陆续变多，全国的签售活动也开始筹备。

对我们公司来说，每年的签售季就好像噩梦一样。签售会密度都很高不说，又都是安排在周末，每次还要跑两三个邻近的城市，所以公司派去的随行人员一般都是叫苦不迭，后来公司改成了轮班制，就是每个周末不同小组负责老板的签售活动，但有的时候也因为交接会出现一些纰漏。

我是今年刚加入的，没有体验过，总有种新鲜感，所以我就直接自告奋勇申请做老板签售的总负责人，每一周都跟着老板，帮老板安排解决签售时期的所有问题，因为第一场的临场反应不错，所以老板就批了。

从那以后，每个周五的下午，我们一行人就会准时踏上去机场的路。

我得承认，我有个很不好的习惯。

我总是偷偷看老板，他坐车的时候，头靠着玻璃窗休息，外面的雨滴一点点打到窗户上，他的脸陷进黑暗的阴影里，从额头开始，再到鼻子的弧度，最后在下巴结束。

他走路的时候会用语音回复别人的消息，他的手很白又细，不停地敲打在屏幕上，真的很好看。

他喜欢背质感很好的皮质背包，从背后看起来，他像个小孩子一样。

他和我说话的时候，眼睛会一眨不眨地看着我，他不知道，那样的眼神让我想躲都躲不开。

每次飞机起飞的时候我都会戴上耳机，想把自己这些莫名其妙的想法给清扫干净，可是每次都越想越多。

接下来的各地签售，更让我感觉到当地少女对老板的热情。

我现在终于知道雄性荷尔蒙的魅力了，因为在长沙的书店里，大家挤得路障都快要被冲破了，在重庆的广场上，书迷甚至准备了灯牌和横幅，看得维持秩序的保安忧心忡忡。

我看到老板一路上都是受宠若惊的样子。

我知道他其实心里很开心，虽然他平时总是一副特别强硬自信的样子，可是实际上他没什么安全感，他有的时候提出一个方案之后，会不自然地看着我们的脸，征询我们的意见，"这是我昨晚想的，我觉得一般，你们觉得呢？"

这个时候我总是想站起来，大力给他鼓掌。

怎么可以，这么没自信呢？

我总希望他能对自己好一点，放过自己一点。

虽然他是老板，可是我觉得他有时候和同龄的我们没什么两样，只不过他穿的衣服更奢侈，背的包包更贵罢了。

在杭州的那一次，看到他刚刚处理完公司的一个策划案，然后就被催着在浙江大学做演讲，讲完后又马不停蹄地赶到书店，我看他签完前面几百本之后，已经开始有些疲倦的感觉，不时揉眼睛，跟读者笑的时候也有些牵强。

我在后面看着，不知不觉有些心疼。

回酒店的路上，同行的另一个实习小助理，一声尖叫，把我们都给吓了一跳。问怎么了，原来是她在搜今天的签售会，发现有很多读者都发微博在骂老板，说老板很跩，签名的时候笑都不笑，还签得随便。

我真的想上去把实习助理的嘴巴给封上，老板已经够烦了，还给他添堵。

那一天回去的路上，大家都没怎么继续说话。

回到房间之后，老板说请大家吃消夜，犒劳一下大家，我让小助理点了小龙虾和红酒，因为老板只喝红酒。

他把自己随身带的音响打开，是林宥嘉的歌。

我听了听，味道不对，于是大大咧咧地说"老板老板，我切个歌"，然后把歌单换成了"欧美 live，洒脱的狂欢"。

当 Justin Timberlake 的 *Suit&Tie* 响起来的时候，气氛才真正慢慢放松下来。

我们围坐在地毯上，吃小龙虾。

老板戴上手套的时候有些迟疑，我问："老板，怎么啦？"

"我没吃过小龙虾，很辣吗？"

我们几个人都"噗"一声笑了出来

没想到老板这么不食人间烟火。

我麻利戴上手套，给老板示范了一下，剥掉虾头，用指甲划开虾壳，取出虾肉，放在酱汁里面蘸了一下，然后举起来给坐在对面的老板。

我马上就反应过来自己的行为有点不对劲，可是老板没在意，很自然地接过后，把小龙虾放进嘴巴里。

接着他眼睛开始放光了，直接让小助理再加了三斤。

那天晚上他吃得比我们都多，虾壳累积起来，就像一座小山，加上喝了点酒，老板的脸很快就红了，后来没想到他直接站了起来，跟着音乐开始跳很傻很傻的舞。

我们都想笑，可是又都忍住了，我把摄影师，还有实习助理都拉了起来，我们几个在房间里一起瞎晃，可是我看得出来，老板很开心。

喝了酒之后，好像感官都变得有点迟钝，我看着光着脚踩在酒店地毯上的老板，感觉有点不真实。

如果要坦白一点，我有个自私的想法，我希望老板能够更依赖我一点。

这样，或许我对他来说，就是无可取代的。

签售结束后，我们接了一个法国品牌的推广工作，因为是比较大的项目，要老板直接出马，他选了我和另外两个同事和他一起出差。

我的少女心因为巴黎快要炸裂了。

我从小到大没有去过那么远的地方，虽然出差时间只有五天，可是我已经提前做好了大大小小十几个地点的攻略，打算到时候在哪里结束工作，就趁机去最近的那个地方。

出差前一整个月我都因为这件事情绪高涨，满怀期待。

到了巴黎之后，我一整个晚上都兴奋得睡不着，顶着水肿的双眼依然感觉浪漫无比。

巴黎就是巴黎，哪里都能让我陷入各种各样的幻想。

街边随便一家鲜花店都美得像是法国电影里的场景，路边随便一家甜品店里的香草雪糕都能让人幸福得晕厥，人行道上随便一个金发碧眼都能让我觉得自己可以随时变成电影女主角。

没想到工作比想象中的还要轻松。

谈完工作之后还有两天是可以自由行动的时间，其中有一天老板要去蒙马特高地，给下一本书拍宣传照，他说我们不需要跟着，可是我还是不放心，所以陪着去了。

蒙马特高地是十八区一座一百三十米高的山丘，被人们称为一个到处都是传说的地方，我们顺着山坡往上爬的时候，可以看到山顶的圣心堂，下面一层一层的台阶上，坐着各种各样慵懒的路人。

是一个非常适合发呆的地方。

爬到顶之后，会有一个满是画廊和画摊的小丘广场，这个广场的艺术气息很浓郁，街头艺人画家到处都是，听说凡·高、达利和毕加索都是在这里发迹的，所以这里仍然是画家们的梦想成名之处。

老板就是在这里拍照的。

我确认老板就在我的视线范围内之后，在广场上逛了一两圈，有很多有意思的画，但也有一些看起来其实和宜家的差不多。

一路上有很多人想拉着我坐下来画一幅写实画，我觉得太像游客就拒绝了。

后来我发现，在广场墙壁上也有着各式各样的画，在一个墙角的位置我发现了一张印第安女人的黑白画像，皮肤细节画得很真切，特别是眼睛的地方，让人感觉原来静态的画，也可以这么有内容。

再走两步，发现墙面上有一个热带风格的仙人掌，是用卡通的方式表现的，仙人掌下面，写着一句"l'amourfaitmal"，我没看懂，拍了一张照片下来，上网搜中文意思，写着"爱情是正常的"，还是没懂。

走着走着，我看到一家书店，店身很窄，里面只放着一排书架，书看起来也都不新，松松散散地放在书架上，似乎没怎么打理的样子。

书店老板娘坐在书店尽头的一张木桌前面，在玩 iPad。

老板突然出现在我身边："你看那面墙。"

"嗯？"我一脸疑惑，顺着他的目光看过去。

结果我发现，书店的另一面墙壁上，挂着满满当当的画，和外面广场上画廊不一致的是，这里的画看起来更简单，每一幅画基本上只有一个主色调，但是却让这面乏味的墙变得有趣起来。

"老板，你猜我最喜欢里面哪一幅？"我问。

"你啊……"他看了我一眼，又认真看向那面画墙。

"那一幅吧。"他指着一幅橙色调调的画。

"哈哈哈，不对。"我指着另外一幅黑色和蓝色线条混在一起的，"是这幅。"

"我最喜欢的就是这幅。"他笑了。

结束拍摄之后，我们和随行同事约好在一家蜗牛店集合吃晚餐，这也是我选的，因为今天拍摄特别顺利，所以老板问我想吃啥，我想都没想就推荐了这家"金蜗牛"。

这是我本来就打算来尝尝鲜的地方，有老板请客，还可以多尝一些不同的口味，想到就兴奋。

我们点了蒜香蜗牛、咖喱蜗牛、原味蜗牛，一大份牛扒和羊扒。

蜗牛的味道其实有一点点像螺，但是因为烹制的方法不一样，所以特别特别香。因为第二天是行程的最后一天，又没有什么特别任务，所以大家都吃得很放松。

吃完饭我们就回酒店了，我躺在床上对今天的照片修图打算发个朋友圈，结果门铃就响了。

我打开门之后，老板穿着浴袍站在门口，他好像刚刚洗完澡，头发没有完全吹干，看起来就像一个高中生。

"怎么啦老板？"我说话的时候才意识到自己的心跳有点快。

"这几天辛苦啦，这个送给你。"他把一份牛皮纸包着的长方形物体交给了我。

我还一脸茫然的时候，老板就转身走掉了。

"×，我还以为你要潜规则我呢。"我在心里骂。

我捧着那份礼物，放在床上，心里扑通扑通地跳，因为我似乎已经猜到礼物是什么了。

我像电影女主角一样大力地撕开牛皮纸的包装的时候，其实是有点心疼的，因为这个包装纸看起来很贵。

那幅蓝黑色线条的画，静静地躺在我的床上。

好不容易调整好睡眠的我，那一晚又睡不着了。

我几乎在微信上通知了我所有的亲朋好友，内容还基本上都是语气助词"啊啊啊啊啊啊啊啊"或者"哈哈哈哈哈哈哈哈"，大家都说我距离嫁给老板不远了。

我一整晚都沉浸在粉红色的想象里，把我和老板的婚后蜜月旅行地点都选好了。

现在回想起来，那大概是我活到二十六岁这年，最接近梦的一段回忆。

~ ~ ~

今天距离我离开陈夕俊的公司，已经两百多天了，可是和他一起工作的所有细节，清晰得就像刚刚看完的电影。

我觉得你应该会想问为什么。

其实也没什么，他恋爱了。

虽然后来听同事说，这段恋情没有维系很长的时间，但是在那段日子里，我的确因为老板恋爱这件事，变得恍恍惚惚，工作夹带着各种各样的情绪，还差点搞黄了老板的一个项目。

之所以不想说那些细节，是因为，我想把和老板最美好宝贵的回忆，记得更清楚一些，其余的都不重要。

有一件事情，我至今都没有办法释怀，就是当时我的确做了一些出格的事情，在他于众人面前狠狠地责备我，说我不称职的第二天，我交了辞职信。

我看着那封辞职信放在老板宽大的木质桌面上，那一刻我是想收回来的。

可是我的骨气告诉我要决绝洒脱一点。

然后我看着老板打开辞职信，面无表情地在上面签了名。

他签完名的瞬间，我知道自己眼眶红了。

我所有的委屈，所有的不舍，所有的后悔，都塞在嘴巴里，把我塞得死死的，让我说不出话，只想哭。

"×，你怎么真的签了名啊？"

这是我无法释怀的地方。

你怎么可以，这么快，不带一点犹豫，不带一点挽留地，就签名了啊。

收拾桌面上东西的时候我是麻木的，和同事说再见的时候我是麻木的，打开手机打车软件叫车的时候我是麻木的。

我们公司在走廊尽头，重新走出公司的时候，我不敢再回头看，我怕前台小姐看到我这副不争气的样子。

我走了两步之后，还是偷偷回了头，我看到公司门口硕大的、发光的 LOGO，眼泪还是掉了下来。

很多次回忆那个画面，我都还是会觉得很委屈难过，我始终觉得自己还有很多事情没有完成，我始终觉得我还可以更好地表现给老板看，只是到现在，一切都变得不重要了。

"一切都变得不重要了"这件事情，让我更难过。

后来我换一家广告公司工作，老板是一个大肚子上司，我每天上班都没什么心思打扮自己，因为我觉得没人会在乎。

但是还好，大肚子上司很重视我，因为我的创意总是比别人好，所以来了几个月，基本上大的项目都会让我来跟进。

我也开始买名牌包包，开始去各种各样的地方出差，只不过都是跟着大肚子上司。

说实话他是真的有点老，也真的有点油，可是我觉得这是工作，我有所疑惑的时候总是看看他给我的工资单，这告诉我其实没什么好在意的。

我无数次带着倔强和脾气，发朋友圈，想要告诉陈夕俊，我现在过得比以前跟你工作的时候好多了，现在器重我才华的人也很多，你不珍惜我，还有大把人珍惜我。

但是我也觉得有点可悲，也许在乎这件事情的，只有我一个了。

那天刚刚和大肚子上司见完客户，我和几个同行的同事商量好待会儿甩掉大肚子上司，一起吃火锅。

结束的时候，刚刚好是饭点，我们几个来到火锅店门口，发现已经满客了，我们正商量着要换哪家店吃。

我收到了一条微信："原子，刚刚看到你了。"

微信名的备注叫作"该死的陈夕俊"。

刚买的无糖烘焙咖啡很冰，可是喝下去，很爽。

想和你一起在路边骑单车，天气热也没关系，我有在健身，衣服湿了也还能看。

我不想做那种喜欢你，却不被你喜欢的傻瓜。

我想做，和你在一起之后，智商开始下降的傻瓜。

花絮

只说给你听

I've seen your eyes

I've seen shining little stars in cloudless night

I've seen you smile

I've seen clear water flowing through my fingers

I've seen your hands

I've seen myself waiting so long for a hold

I've seen your name

I've never seen someone like you before

never

我见过你的眼睛

我也见过无云夜晚里的星星

我见过你的笑

我也见过清澈的流水穿过我的手指

我见过你的手

我也见过自己等待有人紧握的双手

我见过你的名字

但我从来没有见过有人和你一样

从来没有

I stop watching you

But I can still feel you inside my eyes

Everytime I try to escape my feelings

I feel even more painful

Why you still laughing like nothing happen

You don't know my wall has been destroyed

If you walk inside

You will find out

Its full of your bullets

You never shoot me

You just don't love me

我不想再看着你

但我还是可以感受到你

每次我尝试去逃避自己的内心

我都觉得更难受痛苦

为什么你笑得像什么都没有发生

你知道我的壁垒和界线已经被摧毁了吗

如果你走进来

你就会发现

这里都是你的子弹

你从来没有对我开过枪

你只是没有爱过我

You have a chance to kiss me

You know it

You have a chance to hold me

You know it

You have a chance to touch me

You know it

Everything is only my fantasy

I know it

你可以亲我

你知道的

你可以牵我的手

你知道的

你可以靠近我

你知道的

一切都只是我的想象

我知道的

Talks

Talks

人生电影院
It's Your Life

一时的反抗并不是什么威猛，面对现实生活一点一滴的蚕食还能保持自我完好的人，才是真正的勇士。

　　有的时候我觉得我们都只是一个巨婴，我们从没有长大过，但无奈时限已到，我们都被打上成年人的标签，然后赶鸭子上架。

我和 Nadia

我和 Nadia 以前其实没有这么聊得来，我们俩真正开始滔滔不绝地聊天，应该是在洛杉矶她带着我们全家旅行的时候。

她有着复杂的血统，她也常常拿这个和我开玩笑，她的奶奶是中国和泰国的混血，她的爷爷是西班牙人，她妈妈来自墨西哥（她妈当年就是偷渡到美国的）。

所以算起来，应该是多国混血。她个子不高，眼睛深邃有神，头发总是肆意蓬松，戴着墨镜的时候高不可攀，摘下墨镜的时候又像一个开朗奔放的热带女性。

沛沛也很喜欢她，一开始我觉得是因为 Nadia 每次见面都给她带布朗尼贿赂她，后来我发现是因为 Nadia 很在意沛沛说的一切，并且愿意陪她玩所有幼稚甚至有些无聊的游戏。

这一点，有的时候我也做不到。

怎么认识 Nadia 的？

因为工作的原因我常常出差，然后我发现即使自己当年是个英语高考状元，也逃不过英语口语是个渣渣的事实。

每次出差——除了去日本，日本人说英语真的是让我们国人充满自信，举个简单的例子，当他们说 CHANEL 的时候是说"谢奈一"的。但现在连韩国人的英语都讲得那么好，我幻想了很多次和别人用英语对答如流的场景，但在现实生活中我只能咦咿哟哟。

连纽约的星巴克店员都让我惭愧，她们一脸天真地说了一通，然后你一脸蒙地只好问："Excuse me, pardon?"有的时候我连

"How's your day"都接不上。

我不喜欢自己因为这一点而自信心受挫，所以我思考再三踏上了英孚教育的大门，她们听了我的情况之后，有个在英孚工作的好心的师姐给我推荐了一个在湖南卫视当同声传译的女生。

当我和那个女生见面的时候，那个女生说我的英语根本没什么毛病，我真正应该学的其实是发音。

所以阴错阳差之下，我和Nadia约在了楼下的太平洋咖啡，开始了我们的第一堂课。

我们上课的时候天南地北一顿海聊，她教会我说英文的重点是，英文的所有单词和句子，说出来的时候都像流水一般，但我们中文是一个字一个字组合而成，所以这是我们发音上一个根本性的不同，先要明白这一点，然后在说英语的时候配合一个流水的手势，让自己默默进入那个状态，就会找到感觉。

好吧，其实没什么用，还是要多看美剧多模仿多大声说。

那阵子我看很多很多美剧，三观都受到了巨大的影响，比如看《纸牌屋》的时候我简直瞠目结舌，一边感叹政客的酷，一边在想原来人为达目的之无所不用其极的程度可以达到如此地步，包括当时看这对政客夫妻，男女双方更像一个联盟，彼此是对方的堡垒和盾牌，他们在别人身上找温存，却始终知道彼此的这个联盟牢不可破。

我试探性地问Nadia如何看待这样的关系，Nadia一脸轻松："很多普通的美国人也这样，这叫open relationship（开放式关系）。"

好吧，美剧也不全是瞎扯。

Nadia 很在意星座，我以前真的觉得星座只是概率问题，我从来没有把人按照星座对号入座，与此同时我认为这东西特别小女生，所以表面上一脸不屑。

后来我发现，星座这个东西真的很微妙，比如被人人诟病的处女座的我，遇到金牛座真的就能一拍即合。

而我和天蝎座则是相互吸引又保持距离，Nadia 是天蝎座，妙的是她妹妹就是处女座，她们俩总是黏在一起分享乐与泪。

我昨天看一部老电影 *Before Sunrise*（《爱在黎明破晓前》），里面男主说他相信轮回，他觉得在五万年前，这个地球可能连一百万人都不到，但现在地球上已经有十几亿人了，所以一定是当时人的灵魂被冲散了，所以这个世界上有的人会感觉到和另外一些人心有灵犀，那是因为他们曾经共享过同一个灵魂。

我看完之后若有所思，也许，这个世界上本来只有十二个人，他们就是创始之神，他们不想私享生命，而是想把生命传播，于是他们撕裂自己，完成某一种程度上的大义，然后他们的精魂四散，这个世界上的人越来越多，而同一个星座的人拥有同一个祖先，所以他们拥有相似的思维方式、相似的对事物的反应模式，但由于精魂被稀释，所以彼此又衍生拥有了不一样的特质。

如果你是个金牛座，那快来和我做朋友吧，处女座和金牛座的祖先应该关系不错。

扯太远了。

Nadia 和我，经常有年少一般的谈话，应该是少年一般的对话。

何为少年一般的谈话？当我们长大之后，我们的很多谈话有意无意地开始带着目的，我们和这个人聊天，是为了日后某一天也许这个人能派上用场，我们和女友男友聊天，是为不让她干这个，不许他做那个。无论目的是出于感情或者是金钱，都开始不那么纯粹了。

而我和 Nadia 可以只为了表达自己而聊天。

我经常觉得，就是这样无意义的聊天，完善了我们的人格，让我们越来越了解自己。

很多人都不是真正了解自己的，特别是有外力阻碍的时候人更是想不清楚。

很多人迫于生活压力去努力挣钱，挣到钱之后发现亲人和朋友都早已远离自己，他开始感觉到精神上的痛苦，这种痛苦可以通过购物来抑制，但是购物带来的快乐只能维持十分钟之久，真是昂贵又可悲。

有的人在爱情上面对父母的压力选择毅然抵抗，拼死也一定要和自己喜欢的人在一起，于是两个人偷了户口本出来，跑到小城市开始过双宿双飞的生活，父母联系不上了管不着了。但日子长了之后呢？女生发现男生只是个喜欢赖床的网瘾少年，根本没有了当时英勇对抗父母的潇洒帅气，而男生又嫌弃女生只是个终日网购又喜欢哭哭啼啼的少女，早就没了当时那种一搂入怀的冲动。

一时的反抗并不是什么威猛，面对现实生活一点一滴的蚕食还能保持自我完好的人，才是真正的勇士。

有的时候我觉得我们都只是一个巨婴，我们从没有长大过，但无奈时限已到，我们都被打上成年人的标签，然后赶鸭子上架。

Nadia 总是很快乐，她总觉得生活的每一刻都是值得享受的，我们早起匆匆赶向公司的时刻，我们走在路上想赶紧到达的餐厅，我们在机场候机厅里的等待，我们在车上走神的发呆，又或者是我在烦恼我这本书剩下的六万字到底什么时候才能写完的这些细碎时刻。

我们因为我们的目的地而烦恼，可是我们忘了这个过程里每一个微妙的人和事，它们无形地和你在时间的维度里擦肩而过，你毫无印象，因为你对待你的生活，像是 iPhone 7 相机最新的人像功能，只把在意的东西聚焦了，而其他东西再美好，也因此模糊不见。

有的时候我在想我们为什么会总是不快乐。

当我们脑子里有了一点不快乐，我们因为不能马上解决这一点不快乐而感到沮丧，我们开始向身边的人求助如何解决不快乐，与此同时我们再次肯定了自己是不快乐的，不快乐的这个想法扩散得比癌细胞还要快，最后让你沮丧在黑暗的角落里。

可是，当那一点不快乐发生的时候，要知道，It's not a big deal（这没什么大不了）。

我有个同行的前辈，因为同行我们彼此没什么交流，直到有一次我们在一个美妆的活动上碰到，我们在聊自己或者品牌受到网络攻击时的心态，他和我说了一句话，叫作"静观众妙"。

你看到每个人或龇牙咧嘴或毒汁四溢评论的时候，你当作一种有趣的事情看待，想想人活在这个世界上，看过这些独特的景象，也是一种眼界大开。

Nadia 四年没有谈恋爱了，她对恋爱的观念比我还保守，这是让我意外的，她总是神神道道地把 fate 挂在嘴边，而且总是告诉我，如果你不相信 fate，那么 fate 就永远不会出现。

是啊，我们总需要一个神神道道的念想，或是命运，或是天意，或是塔罗，或是上帝，那在我们失意或得意的时候，也许不会那么大喜大悲，得到的都是安排好的，失去的也都是冥冥之中注定的。

Nadia，幸好你看不懂中文，不然你会很得意，因为你教会了我很多。

喜欢你之后，你一个乱七八糟的 *moment*，都让我觉得拧巴。

勇敢一点，找出你自己真实的想法，多愁善感也好，玻璃心也罢，你需要成长，就需要感受。

　　上帝让我们生来就拥有多愁善感的性格，不是为了让我们压抑自己，而是让我们通过自己的感情去体会更多，创造更多。

真爱至上 ▬

在飞机上我刚刚看完《真爱至上》，我没认真算，但是哭了大概有四次吧。

有好几个让我觉得眼眶发热的瞬间，但小男孩不顾一切地冲进登机口只为了见女孩一面时，是我哭得最凶的一次。我在飞机上划过很多次这个片子，但是这个名字让我嗤之以鼻，真爱为什么就至上了，而且，我们怎么知道我们遇到的就是真爱，这个世界上的大部分人，不都只是在混日子吗？爱不爱，真的重要吗？

但是2016年的圣诞节，我在北京的柏悦酒店，没有任何事可以干，就窝在床上看HBO，我发了条朋友圈问大家都有什么节目，后来有一个不太熟但是我挺喜欢的朋友回答我，他每一年圣诞都不会出去，而是在家里看《真爱至上》。

所以这一次我又想起了这部电影，刚刚我又认真地看了一次电影的英文名字，叫 *Love Actually*，忽然觉得真的很贴切——"真正地爱"，这才是这部电影真正要表达的，好电影都被译名毁了，这倒是一点都不假。上一部让我有这种感觉的电影已经是很久以前了，叫 *How Do You Know*（《你怎知道》），这是题外话。

我一直怀疑真爱到底是什么东西，因为我曾经有一段时间，很迷信感情的理论说法—— 一切让你心动心跳奋不顾身的东西，都只是荷尔蒙在悄悄作祟；加上一些半吊子的都市电影，把爱情归类得非常统一，从刺激、新鲜感开始，到占有欲越来越强，直到厌倦，寻找新的新鲜感。

我曾经有一段很长的感情，长达五年，在这五年里面我们几乎做尽了所有情侣间可以做的事情，吵架、分手、彼此伤害、出轨，等等等等。到最后，我对感情充满怀疑，我会想自己一开始和她在一起的原因，是因为她外形长得很不错，身材高挑、皮肤白净、面容清秀。但是，她的性格却从没有让我真正喜欢过，我一直没想过分手是因为觉得自己找不到更好的了，所以一心以为真正的感情就是这样的。

以至于我到最后很害怕结束这段感情然后重新开始，因为我觉得重新开始，我会失去很多，失去这种安全的感觉。

没错，就是这种安全感。我从小就是情感很丰富甚至脆弱的人，别人的一个微妙表情我都可以解读出很多东西，而且我的直觉往往很准。

工作之后，我有两年尝试过封闭自己的感情，我发现投入工作这种方法很奏效，我把自己完全陷入工作之中，当然里面也有我对成功和金钱的渴望。到最后我的确某种程度上获得了我要的东西，但是我却发现，我很难再拥有什么情绪了。

因为万事我都只是衡量利弊，而变得越来越没有自己。

我曾经去找自己这么没有安全感的原因，是不是因为我从小就没有办法和父母待在一起，是不是因为我在哈尔滨的时候就被爸妈放在别的家庭寄养，是不是因为我慢慢懂事以后，还是要和外婆住在一起，是不是因为我即使和父母在一起，也被送去了寄宿学校。

我其实是个比谁都喜欢热闹的人，但我常常表面上又想要装酷。

今年的元旦，我是在十元家里过的，她有很多很多朋友和我们在一起，我们一起玩《狼人杀》，我困得不行，喝酒提神。他们家有一只很大的狗，还有三只猫，里面有只猫叫美丽，那只我最喜欢，因为长得最漂亮。

那天十元满客厅都是朋友，她们把音响放得很大声，然后大家一起在客厅里蹦蹦跳跳，那一刻我觉得自己温暖又幸福。

春节我们全家一起去了洛杉矶，我几乎每天晚上都跑了出去，出去见朋友，去酒吧放松。只有最后一天，我们全家人一起在环球影城，我继父去投篮，结果好多个都没有中，我和沛沛玩游戏，赢了一大只独眼怪，然后我们一起去看宠物明星表演。那天晚上是中国的除夕夜，我妈和继父在客厅里不断地发红包，然后沛沛又不断地抢过手机来抢自己发的红包。那一刻我突然有些内疚，因为第二天我就要去纽约了，但是我每个晚上都没有在家里陪他们。

你看，友情和亲情对我来说，都很重要，有他们围绕我身边，让我觉得满足和快乐。

可是爱情，我却没有拥有过真真切切的感觉，我打从心底是渴望爱情的。我不在意是不是会按照所有人的感情路线去走，但是只有经历过这些过程，我才能真正体会内心的感觉，我不想自己那么地理性。我之所以太过于在乎某些东西然后被伤到，是因为我把所有的一切都放在了事业上，所以我变得狭隘、势利，甚至冷血。

去认清自己到底是个怎么样的人，其实是个很痛苦的过程，因为你要抛弃掉别人从小到大给你灌输的思维以及对你的定义，而且极有可能是你最亲近的父母赋予你的价值观。但他们不是你，他们可以为你安排所有的所有，但没有办法替你去生活，去感受所有人生的情绪和感受，所以你一定要自己去尝试、去体验、去做，然后你会明白，自己真正喜欢的是什么，自己真正在意的是什么。

有一句话我觉得很重要，就是你要把你此时此刻的感受，看作你那么长的人生线上的一个点，如果这样想，那么你会甘心被一个点卡住，再也绕不过去吗？那岂不是浪费整整一大段人生？

所以，勇敢一点，找出你自己真实的想法，多愁善感也好，玻璃心也罢，你需要成长，就需要感受。

上帝让我们生来就拥有多愁善感的性格，不是为了让我们压抑自己，而是让我们通过自己的感情去体会更多，创造更多。

爱你。

如果不用心去感受现在的每时每刻，以后再多的回忆也只是模糊和空白。

你是一个很棒的人，我知道谈恋爱大家都说过真真假假的话，但我能感受到你在这份感情里面真的投入了。

　　我本来觉得在我的这个阶段，爱情应该放一边的。

　　但是我发现要是真的遇上了爱情，它自己就会变得越来越重要，根本由不得我。

谢谢你看我的信

范：

范，在干吗？

我承认我最近是偷偷翻你的微博看了，不过上面的内容很无聊啊，那根本不是你实实在在的生活吧，你总是发很多自拍，发一些无厘头的鸡汤，我看的时候觉得真的挺敷衍的。

所以，你最近真的过得怎么样？

以前和你在一起的时候，我总是觉得你有的时候对人不真诚，虽然你比我小一岁，可是谈恋爱的套路你比我知道得多，你知道要怎么让人更喜欢你，更惦记你。

那个时候我在北京只是一心想做好我的公司，然后你就出现了，第一次见你本来就是在朋友的聚会上，完全是意外，可是看到你的时候，我的眼睛就没办法从你身上挪开了。

我不觉得你有多漂亮，呃，这样说你别不开心，你是那种照片没有本人好看的类型，所以看到你本人的时候，自然而然就被你吸引了。

你说话时候的样子，你笑的样子，你一脸认真夹菜的样子……我没忍住，一直盯着你看，重点是我觉得你知道我在盯着你看，而你故意看也不看我。

即使你没留意到我，我朋友也注意到了吧。

我一早就有你的微信了，但那天回家后，是我第一次主动发微信给你。我们约在你的学校见面，在你学校后面的湖边散步，后来走着走着我们在一栋教学楼前面的台阶上坐下来，那个晚上我们聊的事情我已经完全忘了，但是我记得凑近你身边时闻到的味道，还有你说话时犹豫的样子。

噢对了，你记得那次吗，我们两个在星巴克吵架了，确切来说是我们在三里屯见面的时候就吵架了，我喘着气和你说我不是故意迟到的，和你说我之前的事情把我耽搁了很久，我打算带你去喝点甜的想让你开心点。我们坐在星巴克窗边的位置，你点了抹茶星冰乐，我点的是拿铁，我一直在转移话题，可是你一直委屈不说话。到最后你低着头，用手机捅我的膝盖，一下接着一下，然后我偷偷笑了，你问我笑什么，我说别人一看，就知道我们小两口吵架了。你听着也笑了。

你还记得那个晚上吗，就在你学校附近，你弟和你朋友来找我们又走了，因为你们隔天要去旅行，我不想和你分开。我们从吃饭的地方出发走了好久的路，走到快十二点了，你说你要回去了，我们在没什么人的地铁口手牵着手，我说我帮你叫车，但我一直拖着没有叫车，我们在昏暗的灯光下，拥抱着亲吻。

现在回想起来，是电影级别的浪漫。

现在想到你的时候，我还是忍不住给你发了短信，我们的微信早已经彼此拉黑了。

你以前总是说我对于感情太极端，非好即坏，没有中间值。

我说喜欢就是喜欢，不喜欢就拉黑，哪里有什么中间值。

也许是我幼稚，也许你是对的，但是到现在好像都不太重要了。

我们大概聊了有一个小时吧，本来想用各种理由结束和你的对话放下手机，却一直放不下。

我告诉你我一直在回想的恋爱时的那些细节，你告诉我一直在你脑海重现的画面，我们印象深的事情不太一样，说起来却慢慢变得清晰，最后你把我和你分手时我写的信发回给了我：

是我执意一个人过来北京创业的，结果自己不但感情没有处理好，工作也没有处理好。

内心煎熬时的压力更大，我不希望你能理解多少，因为每个人都有自己要承担的心理煎熬。

和你一起的这段时间我觉得很快乐，我也很不舍得这份快乐，因为你也在无形中帮我分担了这份煎熬和压力。

我还记得，你一开始遇到我的时候，说觉得我很幸运，我知道你是什么意思，但其实这里面投入了多少东西根本没人知道，就像你为你自己的事业付出的一切，其他人也不会明白。

你是一个很棒的人，我知道谈恋爱大家都说过真真假假的话，但我能感受到你在这份感情里面真的投入了。

我觉得自己一开始写这封信，其实是想复合的，但写到这里，我也不知道目的是什么了，我觉得自己再努力做一次尝试吧，也把自己心里想讲的话说出来。

最后，我记得你说过在你的这个阶段里，爱情是很重要的事情。

我本来觉得在我的这个阶段，爱情应该放在一边的。

但是我发现要是真的遇上了爱情，它自己就会变得越来越重要，根本由不得我。

看完我呆了好久。

谢谢你，让我知道自己还写过这么美好的句子。

看的时候，我脸都红了。

东京很好看，纽约也很好看，伦敦还 OK 好看，但是就是没有你走路看着前面的侧脸好看。

"我不想再讨论什么是真实和虚幻。人生苦短,何必要深究生命。让我们生活吧。"

　　"什么活法?"

　　"我们先从吃饭开始吧。"

不活在别人的眼光里

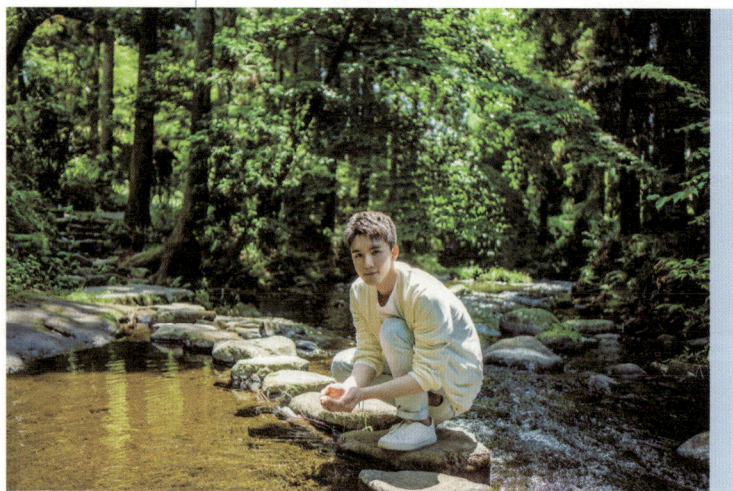

"我不想再讨论什么是真实和虚幻。人生苦短，何必要深究生命。让我们生活吧。"

"什么活法？"

"我们先从吃饭开始吧。"

我的邻居 Billion 知道这座城市里所有顶级的日料、粤菜、潮汕菜的所在地，有的时候大隐隐于市在一家破旧补品店的楼上，有的时候在奢侈品商场的顶楼，又有的时候在她朋友住宅区里的私房菜饭店。

邻居长得高挑，皮肤不错，五官也好看，但是打扮……呃，怎么说呢，鉴于她有可能会看到这本书，所以我尽量将我的措辞放轻柔一点。

冲突感。没错，她的搭配经常让人觉得很冲突，比如说她明明性子那么刚烈，却偏偏喜欢粉色，用粉色的包包，穿粉色的 one piece 的毛衣，细看还有金线的细节，就是那种挂在 CHANEL 橱窗里，丑得匪夷所思还要三万 + 天价的毛衣。

怪不得大家都喷土豪没品位。Billion 给了喷子很多素材。

我问 Billion 你为什么买这件毛衣，她很傲娇地说，这毛衣虽然贵但是我可以穿好几年啊，哪像那些小年轻衣服穿一穿就扔了，我特别会保养，这毛衣我穿了两年了，看上去还像是新的一样……

我跟她比嘘的手势，让她好好开车不要分心。

我是一个无法打起精神陪别人逛街的人，我最不喜欢的就是陪女生逛街了。

每次陪她们，我很快就会找到每一家店的沙发然后卧倒在上面，有的时候还要和陪别的女生一起逛的男生抢那个仅剩的位置。

但是和 Billion 逛街我整个人却精神无比，因为她总是能够看中整家店里最令人惊讶的单品，让我在犯困的时刻马上抖擞起来。比如说 D&G 里悬挂的海军风 one piece 连衣裙，连衣裙的下方还点缀着一颗硕大的亮片草莓。怎么说呢，非常地 D&G。

品牌方应该感谢像 Billion 这样的顾客，她们毫不顾忌他人的眼光，自己的喜好是唯一的衡量标准，对于旁人的意见一概充耳不闻。我坚信是像 Billion 这样的一帮人，让品牌方无须换设计师也能度过奢侈品寒冬。

我也说过 Billion 的品位，但是她一脸认真地跟我说："像我这样的外在条件和身材，要是稍微穿得讲究一点，好看一点，那我一出门，全世界的目光都会聚集在我身上，我会很不自在的。"

她说得如此正经，让我只能在心里瞠目结舌。

Billion 对吃有着偏执的热爱，而且对吃有一套非常特别的理论，她吃东西从来都不准时，秉持着不饿就不吃，饿了就一定要吃好的主题思想。

不是都说三餐规律才能身体健康吗，她的身体却壮得像一头母狮子，随时能叱咤四方。

有一次她带我去吃日料，她说这是她第一次带朋友来这家餐厅，我问她为什么，她左顾右盼之后小心翼翼地凑到我耳边说："因为这里太贵，不舍得。"

那是，不是每家日料都能一顿吃掉一双红底鞋的。

那家日料有很甜很甜的海胆，分量小得匪夷所思，可是放进嘴巴里的愉悦感，是无法比拟的，海胆在嘴巴里渐渐化成一块，然后滑进喉咙。

长脚蟹肉寿司也很棒，跟着铁板一起端上来时，带着一点点温度，放进嘴巴里，蟹肉的清新和芝士的浓郁撞在一起，人的背后是《中华小当家》排山倒海的画面。

还有一次和她去药材店背后的一家鲍鱼料理店。我以前觉得吃鲍鱼是件很俗的事情，后来又发现这家潮汕鲍鱼店的吃法挺特别，先上个十几种不同的小菜，非常养生，再吃干鲍。干鲍的汁味道很浓郁，Billion 在旁边穿着一件 GUCCI 的大红色猫图案卫衣，缓慢地把鲍鱼切成一小块一小块的，虽然不认同她的品位，可是舌头已经被征服。

Billion 和我说的这件卫衣的故事，更让我吃惊。她有天走进 GUCCI 店里，因为过年了打算给自己买件红色的衣服穿穿，看到这件卫衣心里想着也就五千＋的价格，就说自己要穿着走，结果柜姐给她刷卡买单的时候价格是一万七，她为了自己的尊严，不动声色地买下了，然后安慰自己，这件可以穿两年。

她真的非常非常要强，要求所有的朋友都要随时给她虐，但是她又对朋友非常仗义，一方有难，Billion 支援。

直到有一天她把我给拉黑了，我都没搞清楚怎么回事。后来我才知道原来是沛沛有一天跑去天真无邪地问她是不是喜欢我，邻居同学两眼一瞪，自尊心上来，甩下一句："喊！谁看得上你哥。"

而我，只能微笑。

之后某天，我找到一种很好喝的杏仁露，回家的时候顺便给她带了一杯。在她家门外敲门时，她还没消气，只肯打开家里的语音防盗，问我有何贵干。

我把杏仁露挂在门把上，和她说了一句："好喝的。"然后就回了自己家。

过了一会儿之后，微信收到她的消息："这个哪里买的？告诉我之后我再把你拉黑。"

在他粉身碎骨之前，他才发现，下面根本没有观众，

因为光的折射，他看到的那些人都只是密密麻麻的自己。

舆论爆炸

我做过一个梦，我们在一个巨大的灰色水泥空间里，四处空空荡荡，但是在这个空间的中央，有个斑驳的圆柱体矗立着。

刚开始，空间里人很少，只有一个人仰望着圆柱顶端，心生向往。于是开始往上攀爬，他花尽力气，以致衣服破损，四肢开裂，最后他终于站在了圆柱上方，但是已经几近赤裸。

这个赤身裸体的人在台上不断表演，把他自己所擅长的、最美好的一面张牙舞爪地表现出来，吸引更多观众。

有的时候人们为他喝彩，他也就更得意，慢慢不去在意自己是否赤裸，开始享受着这些海浪一般的赞美和快乐。

慢慢地这个空间里面塞进各种各样的人，人多一点，圆柱就升高一点，以便更多人可以看到那个台上赤身裸体的人。

有的时候表演乏味，会有人离开，这个人会感到紧张，于是开始更卖力，想各种各样的花样留住自己的观众。

直到有一天这个人累了，再也表演不动了，从圆柱上重重摔下。

在他粉身碎骨之前，他才发现，下面根本没有观众，因为光的折射，他看到的那些人都只是密密麻麻的自己。

他只是自己为自己而狂。

你不觉得你的朋友已经很多了吗，那你应该考虑一下，找个恋人，朋友那么多，又不能
亲亲抱抱，对吧？

我不想假装自己充满勇气和力量，像身穿铁甲手握钢拳一样在生活里战无不胜。我想告诉你，我也会被工作压得喘不过气，没有生活的时间，日日都在单调地循环，相似而又有点压抑，让人感觉口干舌燥。

　　你一定不会羡慕我。因为我和你一样。

让我陪着你

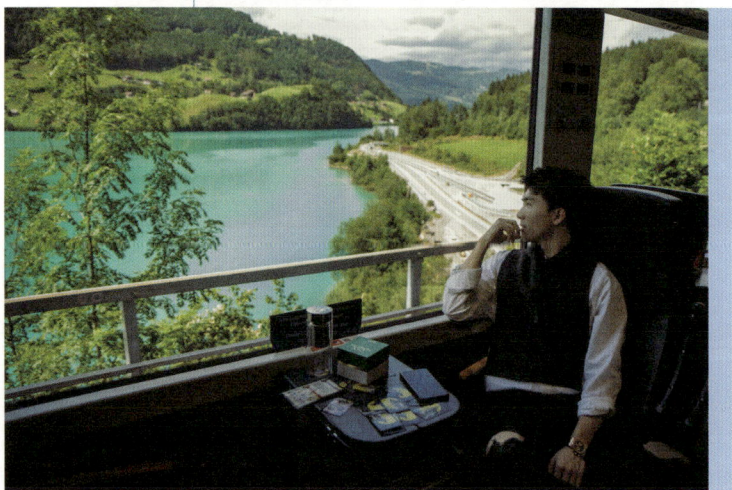

我最近真的很纠结。

新书稿子拖了一年多，编辑每次和我聊天，我都信誓旦旦又心怀愧疚，说了好多好多次："下周我一定给你一篇！"说到后来我已经开始担心编辑对自己产生信任危机了。

其中，我和她说得最多的一个理由就是：实在是没有时间。

为什么没有时间？公司今年年初走了两个高管，他们都是以朋友的关系进来的，要离开的时候难免有点伤感，不懂放下。人与人之间出现裂缝没有及时修补，总会不断变大，以前一起奋斗的快乐慢慢竟变成现在难以释怀的记忆碎片，我很烦，我没有时间。

为什么没有时间？自己管理的新媒体部门的员工很少长期就职的，新人根本就待不住，来了走，走了再来。幸好还有几个骨干在撑着，但是品牌的运营内容还是要我自己来，包括广告拍摄脚本、店铺宣传文案、活动内容策划，每一项我都需要亲自把关，工作量已经满得脑子快要爆炸了。就是这样的工作状态，生活里填满了工作，毫无缝隙，我到底还能写些什么呢？

从前，我一直想分享快乐给那些看我文字的人，毕竟现在社会里的各种生活压力已经够让人垂头丧气的了。你肯定不想回家打开一本书之后，还看到作者在碎碎念抱怨自己的工作有多麻烦，人际关系有多难搞。否则这本书简直可以直接拿去烧掉。烧掉还是不太符合现代人处理的方式，也许可以给狗当玩具，也算是功德一件。

但是，如果我过得不太好，甚至有些糟糕，我真的不想骗你。

我不想假装自己充满勇气和力量，像身穿铁甲手握钢拳一样在生活里战无不胜。我想告诉你，我也会被工作压得喘不过气，没有生活的时间，日日都在单调地循环，相似而又有点压抑，让人感觉口干舌燥。

你一定不会羡慕我，因为我和你一样。

以前啊，我总是想告诉大家生活有多么多么美好，而现在，我想告诉大家，即使生活很糟糕，也要学会自己和自己开玩笑。

你最近又有什么烦恼呢？

你知道嘛，其实我也有很多烦恼呢。

但在平淡生活里，总有很多可以治愈烦恼的方式吧，即使是最常见的听歌、旅行、读书、看电影……你总会在其中遇见属于你的生活的温暖和美好。

无论你身处人生的哪一个阶段、社会的哪一个阶层，每个人人生里总存在着这样那样的问题。他们同样会犹豫、纠结、苦恼，却也懂得如何找到生活的能源和动力。

生活中的我们没能拥有超能力，没办法感应别人的大脑，没办法拥有迅速愈合的皮肤，或者是瞬间幻影移形到埃及。

所以生活，才是生活原本的样子。你我都有缺乏安全感的时刻，无人例外。

我现在在北京机场的候机厅里，三小时后回到广州，我还是会面临着各种各样的问题和压力，但没有关系啊。我突然在想，我在这部薄薄的笔记本的空白 word 文档里打下的字，总有一天会变成触感柔软的纸张，被你抚摸着翻开，被你读，或者记住了，又或被遗忘。

只是希望你在读这本书的每时每刻，知道自己的孤单和不快乐都不是这世上唯一的事情。

对啊，life sucks（生活糟糕透顶），我们总是被问题困扰着。

但是，我会陪在你身边。

想要有直升机，想要和你飞到宇宙去，想要和你融化在一起。

如果有一天周杰伦的歌也成了老歌，那我只能守着老歌做个老古董。

我知道每个人都有自己的生活，可是我们曾经彼此需要过不是吗？

在我难过失落的时候，你总是安慰我，在你遇到问题的时候，我比你更着急想点子，可是到后来为什么我们慢慢分开了呢？

分别是人生必修课吗？

　　曾和朋友聊过，我最大的梦想，就是和所有喜欢的人——家人、爱人、朋友，一起住在一座很大很大的房子里。

　　我们可以每天早上在草坪上吃早餐，坐在白色的长桌边，有的人起得早，有的人起得晚，我们伸着懒腰，讨论待会儿要不要一起去游泳，或者是看个电影。

　　沛沛一直在学跳舞，我原本以为我们一家人律动都很差，但是好像这件事情在她身上被打破了，也许是她年纪的原因，她总是什么都学得很快。

　　我妈一直梦想的事情就是出一本书，当我在二十多岁就完成了她这个梦想的时候，她反倒嗤之以鼻了，说我们这代人的书含金量下降，现在她每天下午都戴着眼镜在笔记本上画画写写。

　　和我们一起住的有个朋友擅长做菜，我们会一起陪他去逛超市，在选食材的时候嘻嘻哈哈，然后饥肠辘辘地在餐厅里等他给我们做香草大虾或者是宫保鸡丁。

　　另外一个朋友很热爱运动，篮球、网球、滑雪……基本上你能想到的运动他都会，每次都是他硬拉着我们出去运动，他教会了我怎么打高尔夫球，还带我体验过我觉得最棒的一次潜水。

　　噢，对了，和我们住在一起的还有一个女生，曾经去过八十多个国家，她知道哪里有最棒的当地餐厅，也知道哪里可以看到让人意想不到的美景，每次我们一起出去旅游的时候都是她给我们做计划，她是我见过最有活力的人。

最毒舌也最有品位的那个朋友总是在嘲笑我们没有买对这一季的款式，或者埋汰我总是穿松松垮垮的衣服，她在陪我们逛街的时候总是比我们还认真地帮我们挑东西。

最年轻的那个男生是最喜欢玩社交软件的，他总是有好多搞笑的点子，拍视频的时候也有最多古灵精怪的点子，和他在一起让人觉得放松又快乐。

当然了，有的时候我们也会吵架，我们在意的事情也会有分歧，吵完后我们关上房门，大家都有点失落和郁闷。

吵完架后我躺在床上思考了很久，还是给他发了消息，告诉他今天是我有点过分了，你别生气啦。

然后他发了一个"有完没完"的表情，说你别逗啦，我是永远都不可能生你气的。

我希望和所有喜欢的人待在一起，我们吃在一起、玩在一起、笑在一起，就算遇到问题，也还是在一起。

可是现实往往不是这样的。

为什么你们要离开呢？

我知道每个人都有自己的生活，可是我们曾经彼此需要过，不是吗？

在我难过失落的时候，你总是安慰我，在你遇到问题的时候，我比你更着急想点子，可是到后来为什么我们慢慢分开了呢？

为什么你在离开的时候想要强调自己有多么多么重要，来让我觉得离开了你会痛苦呢？

为什么我要假装在没有你的生活里，我也一样能好好过，在你面前一副漠然的样子呢？

难道我们彼此认同、互相治愈安慰的记忆，都只是片刻的假象？

我觉得你对我来说很重要，可是你现在要走了，我的确难过，但我因为难过，也会努力变得越来越好。

我觉得，至少我不会否定掉，我们曾经那么契合的那段时间，对我来说，每一个出现在我生命里的人，都很重要。

愿你我在分别以后，各自都好。

如果有一天，你喜欢的人，认真看着你，你是会慌乱地转开，还是会更认真地看回来。

作为一个写作者或者说是从事这门行业的人，要在心里留一片地方，依然能够对这个世界上的很多东西保持感动和初心。而这样的感性，也会让人更善良、对生活有动力吧。

会让人在利来利往的关系和事务中，依然能够保持柔软和温和的心。

保持初心，会更强大 ▬

我其实蛮喜欢我的编辑的。

我不是拍她的马屁啊，没有什么必要，而且感觉她也不在乎我喜不喜欢她（哈哈哈）。

回想起来，刚开始认识她的时候我还要求换掉她。说起来情节有些曲折。

当时因为一个作者的介绍，我认识了现在出版社的另一个编辑，那个编辑我在见面的时候感觉还不错，就是冷冷静静的，虽然有些距离感，但说话很有分量，会让人觉得她在认真听你说话而且是认真思考了后给你回复的，所以见了两次面之后我觉得还挺信任她的。

谁知道这两次之后，出版社的总监就过来找我聊，告诉我因为出版社的人事变动，负责我的新书的那个编辑要离职了，所以团队要帮我换一个新编辑。

其实当时我非常不爽，在我看来，编辑对图书来说是很重要的。从图书的装帧、制作到宣传方向，以及负责人的配合度等问题我都很在意，而这又是我的第一本书，心里更加谨慎。所以见到新的编辑之后，我本能地就带着抵触情绪。

但时间是让你了解一个人的很重要的东西。新编辑虽然中途接手项目，依然很认真细致地负责了每一项工作内容。

在新书出版前一周，我们团队去意大利出差，某天我给她发微信问有关新书的问题，北京时间是凌晨四点，她竟然还回复了我。

记得在图书出版后，一起去杭州签售，她带我们去吃了一家在运河边的餐厅。其中有一道菜叫椒麻鸡，味道我到现在都还记得，鸡肉很嫩很滑，带着一点点微辣，我和一起去的上进整盆吃光了。之后我每次到杭州都要问她那家店叫什么，其实再也没有去过了，在记忆里变成了一股神秘的味道。

后来发现，她总是喜欢擦深色的口红，头发一次比一次剪得短，现在比小S还要短一些。但我觉得她中等长度的发型最好看，显得更温和一些，现在看起来也太干练了，很担心她嫁不出去。

去年我们一起策划要出现在这本新书，过了交稿期很长时间我都还没开始写。她会变着各种话题地聊天来催稿，但其实都不太用力，我知道她大概了解我平常的工作压力和状态，所以没催太狠，而她的善良导致了这本书怀胎一年半还没生下来。

昨天她和我说最近总是梦见自己开车开到悬崖边，可能是压力大。吓得我赶紧打开了笔记本，我写还不行吗？

时间让你认识一个人。我不知道你有没有过这样的感觉，从刚开始交往时，每个人在你生命里所处的角色，就有不同的设定。渐渐熟悉后，对方的人设会慢慢地发生变化，有的是好的转变，你会对他产生更多的喜欢；有的时候也会在你看到很多坏习惯和生活的细枝末节后，对这个人的想法有所改观。

而从始至终维持一个人设的人，我的生活里真的很少很少。可能人的经历会对人的性格进行重塑，但我觉得如果能够坚持人设，很难得，那表示他就是在一直保持着真诚处事和待人。我的编辑就算一个，她总是笑嘻嘻的，眼睛和我一样有一点下垂眼。笑起来眼睛眯眯的，但她最近眼角纹有点重，我要推荐她用我们的眼霜试试。重点是每一次见到她，总是有一种很熟悉的感觉，和上一次见面的感觉一模一样。

我以前总觉得喜欢一个人就一定要黏在一起，她让我觉得，其实两个人只要相互关心，淡淡的交往也让人很舒适。

这就是俗语说的"君子之交淡如水"吧。

在我没什么创作灵感的时候，她给我寄过不少书，小说里面我觉得好看的有《我的朋友陈白露小姐》《三体》，我本来就是一个小说的狂热分子，但是由于工作我日常生活里也要看很多相关的书，譬如《MBA 教不了的创富课》《吸金广告：史上最赚钱的文案写作手册》《品牌建设与管理实务》等。有的时候抱着目的去阅读，其实是有负担的，因为过于急切地想要追求目的，却容易忽略能够真正触动自己的部分。

所以，生活中一定要留有部分空间，给那些看似毫无用处又漫无目的的事情。

对我来说，那些事情就是看小说。不要把看小说当作一件不成熟的事情，而我身边很多人都是这么认为的。小说其实是让你以另一个人的第一视角，完完整整地体验另一个人的生活，读一本书就能有这么大便宜可占，一定要干。

而人与人之间能维持好的交往，也包括对对方有所启发吧，我的编辑喜欢读很多小众的书，还自己一个人去看话剧，让我觉得她的脑子里，似乎装着一个截然不同的世界。文艺这个词现在变得褒贬不一，要我评价她的话，我觉得她是个感性的人。

我认为，作为一个写作者或者说是从事这门行业的人，要在心里留一片地方，依然能够对这个世界上的很多东西保持感动和初心。而这样的感性，也会让人更善良，对生活有动力吧。

会让人在利来利往的关系和事务中，依然能够保持柔软和温和的心。

这一点，我觉得很重要。

你也是啊。

如果你这半个小时，没有跑去刷微博，没有看抖音的搞笑视频，也没有在和朋友的表情包斗图，却愿意拿起这本书翻看这些文字，我觉得，你的内心，也一定有柔软的部分。

你要记得带着这部分继续前行，不要以为自己容易对这个世界上的一些小细节产生触动会让你变得脆弱，相反，你会因此而更强大、更敏锐。

另外，希望我的编辑看到这篇这么多赞美之词的文章，不要不自觉地颧骨上扬。

其实我常常经过你家楼下，心跳加快，脚步放慢，装作不经意，眼神却高度警觉，你要是从哪里冒出来，看到我，应该觉得我是个神经病吧。

如果有一天，我们走出了我们舒适的城市和圈子，去一个完全陌生的地方，也许会感觉新鲜又害怕，也许会觉得兴致勃勃有点惊慌失措。

　　但你只要想象自己是在一部电影的一个画面里就好了，每一帧的场景和动作，你都有一些陌生却又温暖的观众，在你看不见的地方默默关注着你。

单人旅行

　　我在盘算周末一个人去台北，理由很简单，台北距离广州很近，大概两个小时的飞机行程就到了，占用的时间不多，不影响工作，想走随时都可以出发。

　　重点是，我想一个人出去走走。

　　我以前没试过一个人旅行，觉得这样不是会浪费这趟旅行吗？一个人出去照片也拍不了，吃到好吃的，碰到好玩的东西，也没有人能分享。其实大部分人是容易感受到孤独的动物，在我看来，一个人旅行，孤独感可能会加倍吧。

　　但在平常生活里的我自己，偶尔也会约朋友出来，什么都不做，甚至连话也不多说，只要两个人在一个相同的空间里面就可以了，这样让我觉得很舒服，有安全感。或许这也是我孤独症的表现吧，所以我想一个人出去，什么都不干也好，至少试试。

　　马上用手机查了一下台北的温度，十九到二十三摄氏度，晴天。隐隐约约在脑海里想象了一下，天气会很棒，阳光会很好。我开始准备收拾行李。

　　每次出门我都要带那个二十三寸最大的拉丝钢行李箱。虽然拉着那么大的行李箱一点也不酷，但我还是一如既往地坚持，即使只有短短两三天的行程。

　　除了我有选择困难症，一定要带超过旅行天数两天的衣服数量（一般我都是旅行 N 天，带 N + 2 套衣服）这个原因之外，重点在于我还很喜欢买一些没多大用处的东西，一般都是在一些路边小店买到的。这些东西能够启发我，甚至让我发现很多惊喜。

我不记得从哪本书里读到过，很多看似无用的书、无用的物品，其实撑起了你自己的内心世界。所以我有很好的理由，买各种奇奇怪怪的杯杯罐罐、模型、玩偶、笔记本、木头制品、皮革制品……我需要一个大容量的箱子，装我的惊喜和想象。

我在西班牙圣家族大教堂买过两个彩色玻璃卡在木头里的装饰品，放在家里的电视柜上，用来提醒我，走进圣家族大教堂时的神圣感。说实话，我内心感觉像是去了奥特曼的诞生地，小时候看的时候认为那是全宇宙最牛的地方，聚集了所有奥特曼。（这是我童年最向往的地方，所以不能笑。）

我在伦敦的碎片大厦，买了一套黑白色的国际象棋，棋子是用一块有着特别纹路的黑色石头做成的。虽然我不会下国际象棋，但是只要我想到把它放在我办公桌上的样子，马上就觉得很兴奋。

我还在纽约的一家童装店里，买了一只材质很特别的兔子，它和海豚、棕熊放在柜台的一个编织篮子里，店主说这些玩偶全部都是一个妇女互助协会里的成员亲自缝制的，每一只都不一样。每次听到这种人文故事我就会毫不犹豫地掏出钱包。

我往行李箱里塞了两件衬衫、一件针织衫、一件牛仔外套、一条破洞裤和一条纯黑色的裤子。

洗漱袋也要带的，洗面奶、水、精华、面霜，再带一盒面膜，差不多了。还要带上 B&O 的随身音箱，房间里面只要有歌，一个人也不觉得有什么。收拾好行李之后，临走前我拿了一本詹宏志的《旅行与读书》，这样我就能真的旅行和读书了。

我在去台北的飞机上一直听一首歌。

歌的前奏是一段对话

路人："小姐，请问一下有没有卖《半岛铁盒》？"

店员："有呀，你从前面右转的第二排架上就有啊。"

路人："好，谢谢。"

店员："不会。"

为什么要说"不会"呢，台北机场里卖给我电话卡的单眼皮服务员女生这样说，我到了酒店之后计程车司机也是这样说，咖啡厅里给我调了一杯 sunny day，戴着头巾的帅气男生也这样说。

不过听到他们说话的时候，觉得好舒服，因为他们说话的腔调，真的好温柔啊。

到台北的第二天，我找到了一家吃饭团的店，名字叫作 café deriz，在大安区安和路一段。我有个朋友来这里吃过，是他推荐给我的。这是一家咖啡厅，却因为店主种出了很好吃的大米，开始售卖饭团，后来，来的人络绎不绝。

我点了一个饭团套餐和一杯咖啡，一个木托盘上面放着七八样小东西，有三个口味不同的饭团，还有一个溏心蛋、一份豆腐沙拉和一些别的配菜，很日式。

初看到会有点失望，但是饭团咬下去之后，还是会觉得不虚此行。

另外我还要推荐一家服装加料理的集合店,名字叫作初衣食午。店里有一半是用透明玻璃架起的像花房一样的空间,阳光懒洋洋地洒在各式各样北欧风格的桌椅上,这部分是提供给吃饭时用的。店里的另外一部分,用绿植和暖光打造出来的陈列衣服的空间,一半阳光慵懒,一半精致工业。

我们这代人,很在意气息和温度,我们喜欢小众的、不为人知的、有些曲折的地方与故事。

我们读过不少书,看过不少电影,一直等待着,前往那个梦想之地。我们想探索,那里到底和想象的有什么不一样。

有一个歌手,和旅行很配,叫 Ed Sheeran,如果你也准备一个人去旅行,或者是你正在旅行过程中,当你想戴上耳机的时候,可以听听他的歌。他长得一般般,每一首歌不算商业也不算小众,可是用来当作你走走停停的背景音乐,刚刚好。

如果有一天,我们走出了我们舒适的城市和圈子,去一个完全陌生的地方,也许会感觉新鲜又害怕,也许会觉得兴致勃勃有点惊慌失措。

但你只要想象自己是在一部电影的一个画面里就好了,每一帧的场景和动作,你都有一些陌生却又温暖的观众,在你看不见的地方默默关注着你。

就算你觉得心里没底,犹豫不决,甚至有些沮丧,但只要装出一副酷酷的样子就好了。

噢，对了，你千万别看镜头，会穿帮的。

漫无目的，是我们逃跑的目的。

心不在焉，是我们逃跑的姿势。

这两句话没啥关系，希望可以放在书里的某一个角落。

故事让我对于生活中发生的所有的事情，依然带着期待与探索的欲望。

那你呢，你有什么故事？

我不太敢把自己的故事和盘托出，有时候自己的故事是内心最脆弱的存在。

你想听个故事吗？

如果一篇文章是这样的开头，我十有八九是会往下念的，因为我们对故事有着天生的好奇心。

小时候的睡前童话，我们总会嚷嚷着再讲一个再讲一个："王子和公主到后来怎么样了？""如果喷火龙不止一条怎么办？""女巫下次能不能来得早一些？"我们忧心忡忡，比故事中的主角还操心。魔法和恶龙的形象在我们小小的脑袋里面展开了三维立体的 IMAX 级别放映，有了这些故事，我们才不至于害怕关灯后的黑暗，获得一个人睡觉的勇气。

长大之后我们开始喜欢上念小说，名著也读，肤浅的故事也读，我第一次读《简·爱》就是在读小学的时候，我当时懵懵懂懂，也不知道为什么看得津津有味，还用脑里仅有的一些对于英国的想象，拼凑出一幅幅画面。

故事里的细节越多，就会让人越着迷。我小时候喜欢《哈利·波特》系列，书里对于魔法世界的细节描写总是让人有惊喜。比如说霍格沃茨列车上面的零食手推车，有巧克力蛙，有鼻屎味道的怪味豆，还送魔法界名人的卡片。这些不经意的一笔带过，让人觉得书里的这个世界隐隐约约地存在着。哈利用的"光轮2000"的飞行扫帚，和后面他的火箭弩，性能和速度都大不相同。魔杖里面羽毛的不同，对于魔杖的性能也大有影响……小时候对于魔幻世界的单一画面突然被丰富了起来，原来魔法世界也有一套商业规则，不是有魔法就能满足人的所有需求。

再长大一点，开始喜欢上读言情小说。如果认识一个新朋友，我总是忍不住问他：你第一次喜欢上一个人是什么时候？因为我常常觉得，在朦朦胧胧的记忆里，有无数个我喜欢的人的样子，只是都很模糊。

从小时候的想拉一拉手，到后来的想亲她一口，我们在生命里喜欢过的人，应该有很多很多才对。而真正的相互喜欢，才是珍贵而稀有的。

以前的言情小说，都很纯粹，对于感情的描写有几个统一特征：

1. 一个人可以等另一个人很久很久。

2. 一对恋人中的一个一定非富即贵。

3. 恋人身边的朋友总是没有自己的生活，单纯衬托着男女主的爱与恨。

我觉得这些故事把我们这一代人害得不浅，我们原本就缺少对爱的理解，从书里获得的这些关于爱、关于浪漫的描绘通常连作者自己都没有经历过。但我们每个人内心的主角光环又太重，所以就会有意无意地模仿书里的情节，以为爱似乎有某种特定的模式要遵循。

我曾经谈过的一个女朋友，她就很迷少女小说，男主大半都是霸道总裁，或者是地痞流氓中的佼佼者。要么冷酷邪魅，要么义字当头。

无奈我当时戴着粗框厚眼镜，衣服宽松，因为喜欢周杰伦而留着长刘海，却被迫被她影响，改穿牛仔裤，偷偷去染深棕色的头发，被老师抓到还狡辩自己营养不良。

她后来出国了，可能觉得我们的故事有了异地恋的光环，所以她也开始找同类型的异地恋小说来看，导致后面我们有一次大吵架，就是因为我不能像某一本书的男主那样，跨越大半个地球，突然一脸疲惫但仍然帅气地半夜敲开她在纽约的家门，等她睡眼惺忪地打开门的时候，两个人紧紧相拥而泣。

长大之后，觉得时而舒适，时而紧绷，有弹性的我爱你，才是恒久的。

但是言情小说还是要看的，那些让人面红耳赤又不可描述的情节，扩充了我们对爱的想象和感知。那些读言情小说的偷偷摸摸，是我们年华里，懵懂暧昧却又真挚无比的时光。

如果商品带着故事，也会让人觉得着迷。

我在台北的一家概念店里看到过一台很古老的胶片机，但是整体又被改造过了，一个大大的喇叭被嵌在一块长方形的木头上。一开始我以为是用蓝牙或者 USB 操作，但店员过来跟我解释，说只要把手机放在木头中间的一个凹槽里，直接用扬声器播放，喇叭里就会流出声音了，利用的是共振原理，特别的是，放出来的音乐会有一种怀旧的质感。

本来我还觉得无法蓝牙播放是个 bug，结果店员又说了故事，这个品牌是专门在美国回收旧的留声机和胶片机的，很多年代久远的机子的喇叭都有着不同程度的破损，所以他们想办法将喇叭重新修补上色，然后再配以不同颜色、质地的木材重新制作，所以每一款的外观颜色都截然不同。

我瞬间就被这个复古手工精神征服了，虽然最后因为太大带不回家没买，但我在回程的一路上都心心念念。

我在杂志上看过一个欧洲皮质品牌新推出的系列香水，他们同时推出了男香和女香两款，灵感来自一个画面。清晨的阳光正好洒进房间，热恋中的情侣蒙蒙眬眬地睁开眼睛，这个时候彼此身上的气味既迷人又性感，他们忍不住再度缠绵。这两款男香和女香只有同时使用，才能表达出恋人之间这种热烈又亲密的味道。就凭这份想象力和对生活的嗅觉，值得买单。

还有一个很出名的戒指品牌，是以螺旋的纹路为主要设计概念的，我有一次在机场看到他们的海报，觉得他们线条的设计感的确很出色，就上网找了一些这个品牌的资料。我发现他们在前两年曾经推出过一个罗马系列，因为罗马是以建筑的巧妙和精致闻名的，而大理石是罗马自古至今创作雕塑的首选材料，所以他们这款戒指就运用了大理石的材料和玫瑰金相搭配，大理石的纹理和色调拥有独特性，在手指间因为光的折射会呈现出不一样的视觉感，历史的厚重感又让人有了无限遐想。

故事让我对于生活中发生的所有的事情，依然带着期待与探索的欲望。

那你呢，你有什么故事？

我不太敢把自己的故事和盘托出，有时候自己的故事是内心最脆弱的存在。

我们曾经遭遇过的幸运与不幸，变成了我们现在每一个细微的表情和动作，我喜欢喝不带气泡的水，吃饭的时候会把姜挑走，吃日料的时候不会点鳗鱼，看电影的时候总是买倒数第二排的票，鞋子会买大半码，选衣服颜色总是犹豫不决，离开酒店的时候习惯double check(仔细检查)洗手间，会把维生素B放在桌面显眼的位置，送人回家时会记下车牌号码，看到兔子的玩偶总是想买下来……

我们零星的习惯里，藏着很多自己和朋友、朋友和其他人的曾经相处过的故事。

我们慢慢长大了，我在你身上学会的，我也教给了下一个我爱的人。

不知道我会在你的故事里占有多少分量，但希望你现在进行时的故事，是你笑着写的。

喜欢你的时候，心里的感叹词很多很多，很多。

喜欢你的时候，会对那些一直追一直追最后追到真爱的情节深信不疑，储存好粮食，铆足了劲，打一场漫长的没有敌人的战役。

勿忘你

我一下子给忘了，是从什么时候开始喜欢上的你？

喜欢你的时候，一停下来就会想象你在做什么，是和朋友待在一起闲聊，还是在家里懒洋洋地看书，还是像你在朋友圈抱怨的那样，走了好几条街，都买不到不甜的豆浆。

喜欢你的时候，早上起床觉得一切都很美好，晚上睡觉的时候却又失落得一塌糊涂，我今天检查了好几遍我的手机，都没有收到你给我发的微信。

喜欢你的时候，听了很多林宥嘉的歌："已武装好，练就百毒不侵的你，怎么还会不忍心。""没关系，你也不用给我机会，反正我还有一生可以浪费。""没关系，你也不用对我惭愧，也许我根本喜欢被你浪费。"心里开心一下子，难过好一阵子。

喜欢你的时候，会觉得善良的你，有的时候也很残忍，或者根本是穷凶极恶。

喜欢你的时候，想要努力让自己变成更好更好的人，想把你身上的优点学过来，想把自己不好的地方都改掉，想换成你喜欢的穿衣风格，去看你追的连载，想跟着你去你想去的地方，想把自己一下子全部塞给你。

勿忘你，勿忘你。

怎么可能会忘了你？

喜欢你的时候，想把自己的身边、心里的位置都腾空，只等一个你。

喜欢你的时候，觉得之前的时间好像都一直蒙蒙胧胧地睡着，在喜欢上你的时候，醒得很彻底。

喜欢你的时候，很懊恼，是不是自己在哪个地方、哪个时间，做错了什么，是不是我酷一点，或者是不要那么着急，就……心里所有的纠结，知乎和百度都找不到答案。

喜欢你的时候，心里的感叹词很多很多，很多。

喜欢你的时候，会对那些一直追一直追最后追到真爱的情节深信不疑，储存好粮食，铆足了劲，打一场漫长的没有敌人的战役。

喜欢你的时候，想要开个头脑风暴会议，制定策略方案，拆分成一条条待定事项，是不是只要一条一条去执行，成功的概率就会高一点？

喜欢你的时候，脑子里满满都是和你在一起以后两个人的画面，和你在中央公园散步，和你大半夜出门看电影，和你在家里发一天的呆，和你在晚上的街边紧紧牵着手。

喜欢你的时候。

喜欢你的时候。

喜欢你的时候。

不是啊。

我想问，我喜欢你的时候，你能不能也……试试喜欢我？

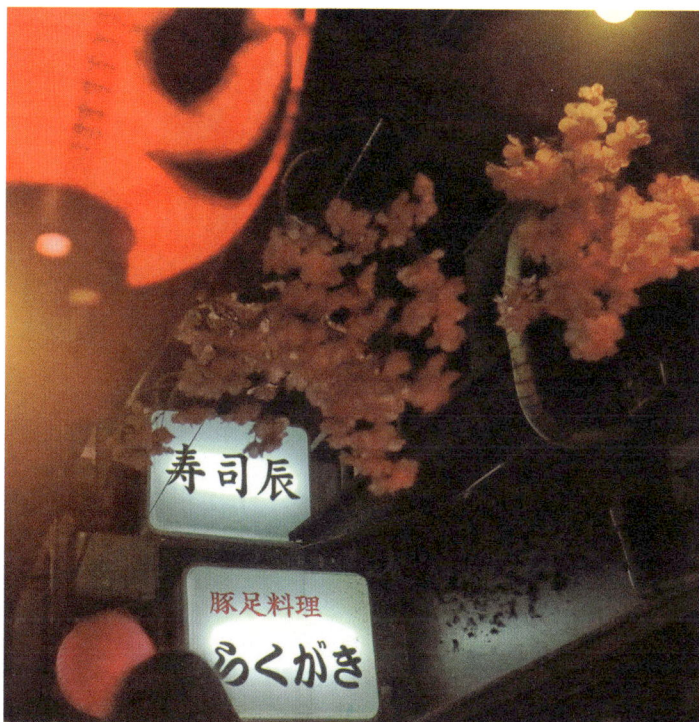

这个世界，车水马龙，灯红酒绿，像是一个载歌载舞的 *DISCO* 球。可我只想和你在家缩
在沙发里，一起看美剧，吃大份的蟹肉沙拉。

无论生活带给你什么，都要学会泰然处之，过得轻松自在。

你可以到处旅游，给自己留出很多发呆的时间；

你可以泡在图书馆，用一个下午看一个美丽的故事；

…………

你的生活方式由你决定 ▬

来伦敦已经是第三天了，晚上十一点多，我们一行四人终于在Yelp 的 App 上找了一家拉面餐馆。趁着潮湿的天空上细细碎碎的小雨还未落下，钻进了这家餐厅。

里面放着和夜店一样嘈杂的音乐，几乎没有什么灯光，只是每张餐桌上面放着一根蜡烛。店里顾客很多，我第一次看到这么多人挤在一起摸黑吃拉面，觉得有点滑稽。

等了一阵，就有热情的女侍应带我们找到了仅剩的吧台位置坐下，我们只能打开手机里的手电筒，迅速地点了面条、炸鸡、土豆沙拉。

等餐闲聊的间隙，朋友小诗问我接下来想去伦敦哪里玩，还没等我回答，她就开始自顾自说起泰特美术馆、西敏寺大教堂、贝克街……说着说着又突然叹气，感慨自己因为经营复古女装网店，已经很长时间都没出门好好玩了。而我除了写作者的身份之外，也在管理自己的护肤品牌，至今已三年。我们，其实是大家平时嘴里谈论到的"网红"。

小诗讲到自己 2013 年的时候有一次去泰国，在那里待了一个多月，那个时候没什么钱，但那是迄今为止记忆里最欢脱的一段日子。住在曼谷的一家 Airbnb 里面，她也不爱睡懒觉，每天起来就做早餐给男朋友吃，虽然做得不咋的。下午逛逛市场，买很多古着的大衣和首饰，拍很多好玩的照片，做一些当时觉得很酷，现在回想起来却有点傻的事情……

"我觉得不是这样的。"当我从她的回忆里听出了怀念和失落时，我开始打断她。缅怀过去我并不反对，但我反对觉得自己过得没有以前快乐的想法。曾经的快乐生活必然是值得记忆的，或许现在的我们少了很多属于自己的时间，或许我们被工作的时间表压得喘不过气来，或许我们还有很多个瞬间都在怀疑自己这么努力究竟是为了什么，但我们不应该埋怨我们不断攀爬的过程中错过了多少风景，而应该时不时朝下看看，我们因为努力，到底提升了多少高度。

对，我是喝鸡汤的，但我只喝自己煲的鸡汤。

我有个朋友，名字就隐掉了，名声应该算是大半个中国的人都知道的了。每次在新闻或者微博上面看到她的消息，都是负面多过正面，演戏被骂不走心，做生意被骂赚黑心钱，甚至还有黑粉有组织、有纪律地对她展开进攻。但我和她吃饭的时候，从来没有见她散发过什么负能量，这种气定神闲不是演出来的。

我问她："你不看黑评吗？"她说："我看啊，但是我觉得自己既然莫名其妙火了，那被别人骂几句又怎么了？总不能好处都被我一个人占了吧。当然也有人真的能把我惹生气了，所以我现在就少看点呗，我少玩点手机，在家里逗一逗猫猫狗狗。总比他们一天到晚惦记着怎么黑我有意思。"

我没她那么酷，有很多事情我还是会在意、会介意。但我在她身上学到的，就是无论生活带给你什么，都要学会泰然处之，过得轻松自在。你可以到处旅游，给自己留出很多发呆的时间；你可以泡在图书馆，用一个下午看一个美丽的故事；你可以把工作安排得毫无缝隙，却因自身的成长而感到十二分的舒适和满足；你因努力而成长，因成绩得财富，用自己劳之所得去满足每一项愿望，你的生活可以变得更自在畅快。

不要给自己埋怨的机会，因为自始至终都是你在左右自己的人生。

我想起去看高迪之家的时候，觉得这个人真的浪漫又幼稚到了一个程度。

遇到你之后，我想，高迪当时应该有喜欢的人吧。

所有的温暖背后，都有伤痛，所有伤痛的间隙里，又都有温暖的光。

也许没有所谓的顺遂，只有一颗不断自愈的心，才能成为在世间前行的盔甲。

生活是时时刻刻
不知如何是好

小时候，每次完完整整看完一部电视剧，都觉得很舍不得，和这些角色一起度过了这些时间，有的时候是一周一集的等待，有的时候是一口气熬夜的畅快，要说离别的时候，总觉得要和几个要好的朋友分别一样。

特别是看到喜欢的演员之后再去演别的戏，会很适应不了，因为觉得她们就是原来那部戏里的角色，她们换了衣服、换了发型、换了名字，可是还是那个人啊。

我觉得我特别傻。

电视剧会结束，可是人生却是时时刻刻，在延续。

不稳定的事件，不稳定的情绪，一样的解决方案，上次能解决问题，这次却不一定可以，无法预料的难题、困难，稍不留意就会跑偏的人生，才是我们真正要面对的，生命的时时刻刻。

没有温暖的力量，人是会变得 evil（邪恶）的。

我很喜欢看的一部美剧，叫作 *This Is Us*。中文是《我们这一天》。

这部剧的第一集开始，看起来没有什么联系的男男女女，在同一天过生日，一个老婆即将分娩的丈夫，一个体重严重超标的胖妹，一个活得纠结的情景剧演员，一个刚刚找回亲生父亲的黑人。

几条没有关系的剧情线，紧凑相接，到最后，才发现，原来他们是一家人。

外表帅气高大、过着人人艳羡的好莱坞生活的白人演员哥哥，其实内心很脆弱，想要尝试新的东西却又胆怯，看起来最有资本自信的人，却总是瞻前顾后，犹豫不决。在他小时候，父母因为弟弟是收养的黑人以及妹妹超重的体型而给予了他们更多关注，理应最受重视的哥哥，却常常觉得自己没有存在感。

从小超重就被妈妈控制饮食的胖妹，在泳池边被同学骂是猪不愿意和她玩，在家开麦当娜的 VOUGE 派对，所有的朋友却都跑去了哥哥那里只剩她一个人，她其实对工作很负责，但是她因为体重一直受到各种各样的歧视和不公平对待，长大之后她在减肥互助会上，遇见了自己的真爱，一个在做心脏搭桥手术前跟她说我爱你的男人。

懂事之后就意识到自己与生活格格不入的黑人弟弟，在学校里因为种族歧视，生日会上邀请了全班同学结果只来了三个人，但是他丝毫不在意，在他父母对他感到抱歉的时候，他说"我真正的好朋友都来了，三个我已经觉得挺多了"。他可能是遭受了最多异样眼光看待的孩子，但他是成长得最体贴人，最善解人意，也最幽默的一个。直到有一天，他发现最亲近的养母一直对他隐瞒着他亲生父亲的消息。

所有的温暖背后，都有伤痛，所有伤痛的间隙里，又都有温暖的光。

也许没有所谓的顺遂，只有一颗不断自愈的心，才能成为在世间前行的盔甲。

我有一段时间，对身边的所有人都带着恶意。

我觉得家人想要控制自己，朋友没有拿真情实感对待自己，喜欢的人距离自己很远，似乎一呼一吸之间，没有办法感受到任何善意。

我希望你不会有这样的时刻，这种对自己失去自信，对周遭失去耐心的时刻。

后来我发现，这些在我看来严重的问题，的确存在，但真正的问题，在于我没有真正让自己停下来过，自从做品牌以来，我就一直用百分之两百的质量，百分之三百的速度来要求自己，当自己超负荷运转很长一段时间之后，我开始觉得没有力量来应对发生的这一切。

爱也是爱，只是有时候爱也会变成偏执和控制。

善也是善，只是善有时候会扼杀其余一切的可能性。

但根本在于，你如何接纳爱和善好的一面，包容那些瑕疵和颗粒。

你所经历的让你痛苦的，想要挣脱的人和事，无论再怎么紧张压迫，你还是有选择的权利，只要你鼓起勇气，强大自己，那么其余能够左右你的力量，也只是虚影。

希望总有人给你温暖的力量，如果没有，就去找那些让你安心的影像和文字。

有一天，你自愈的心，会闪闪发光。

花絮

你的人生有我吗？

I don't like sad song

But I am singing one because of you

I don't like tears

But I am crying for you unconsciously

I don't like to be sensitive

But I am carzy for you

I don't like you

But it's not true

我不喜欢听伤心的歌

但因为你我在轻轻哼

我不喜欢眼泪

但因为你我不自觉哭泣

我不喜欢变得敏感

但因为你我已经失去理智

我说我不喜欢你

又怎么可能是真的

It's the last train

I stand in the plat form holding my luggage

I guess you already fall asleep

You will never know I leave

Because I never tell you I come

It's the last train

I am going back to home

But you supposed to be my home

It's the last train

I got a coin to choose one side

One side means I should wait for you

One side means I should just leave

I throw the coin in the air

But I am afraid to see which side it is

It's the last train

No one come to say goodbye

Maybe I should say goodbye to you

It's the last train

I see the train leaving

I feel relieved

Now I have nowhere to go but only wait for you

这是最后一班车了

我提着行李在站台等待

我猜你早就睡着了

你永远都不会知道我要离开

因为我从来没有告诉过你我会来

这是最后一班车了

我要回到我的家

但你本应就是我的家

这是最后一班车了

我有一枚硬币来选择

一面意味着我应该继续等待

一面意味着我应该离开

我把硬币抛向空中

我却害怕看到哪一面才是结果

这是最后一班车了

没人和我说再见

也许我该和你说再见

这是最后一班车了

我看着车慢慢离开

如释重负

现在我无处可去只能等你了

I don't know how long time

I will stay loving you but

Only if you watch me in your eyes

I think I won't give up

我不知道我会一直这样

喜欢你多久

但只要你还看着我的眼睛

我想我没那么快放弃

人生电影院
It's Your Life

后记

活出最好的样子

我觉得世界上，没有所谓最好的生活。

我认识的一个微博上的文艺女神，其实在现实生活里有社交恐惧症，因为男友比较幼稚，所以她总是什么事都挡在他前面，她和我一起看《奇葩说》的时候，看到"生活的暴击值得感激吗"那个主题，听到"人生就是需要扛"这句话的时候，都不自觉哭了。

我认识的一个水瓶座朋友在陌生人面前总是很冷酷，面无表情，说话尖酸刻薄，和你聊天的时候也总喜欢 put you down。可是其实他特别在意细节，而且比我认识的所有人都要善良。

我认识一个在中国做口语老师的洛杉矶女生，她喜欢开车，也喜欢在开车的时候一边放小声的音乐一边和你聊天，她总是善解人意，她总是给你恰到好处的安慰，可是她其实对自己也会偶尔没有自信，情绪化的时候也需要你拉一把。有一次她在美国我在中国，她那里是凌晨三点，她说她想开车出去，但是不知道去哪儿，我给她微信"just go, only if you do it, you know how it feels"。

我认识一个在英国念高中，在美国念大学，但是都很任性没有念完的女生，她回来北京之后做婚礼策划，又去了广州。她和刚刚那个水瓶座朋友的高中同学谈恋爱，一谈就是四年，前两天她告诉我，她的男友在摩天轮上跟她求婚了，还有一张婚戒的照片。

我认识一个摄影师，他喜欢晒太阳喜欢到不行，他可能是我见过肤色最接近古天乐的人了吧，他经常飞到世界各地去拍片，他告诉我每次他结束了拍摄就会呼朋唤友，一起在当地玩个几天再回家。他经常提醒我，我需要一些能给我温暖的朋友。他给我推荐的 *This Is Us*，是我目前为止最喜欢看的美剧。

距离上一本书的时间，已经有两年了，其间我经常被编辑催稿，因为这本书的照片老早就在伦敦拍好了，可是稿子却一拖再拖。

这两年，发生了很多事情，可是我却不大想要总结，因为要严肃地总结些什么东西，让我觉得有些不自在。收获和痛苦都是有的，就像你的生活一样，也一定经历了很多大大小小的让你改变的人和事。

是不是成熟了？我不知道，但是我开始懂得怎么去应对突如其来的各种各样的想法和情绪，我觉得我更能接受自己原本的样子了。

你呢？

我想把那个摄影师提醒我的事情，拿来提醒一下你们，时间必然让我们看到了一些生活的真实面貌，让我们知道现实里我们多多少少都会有狼狈或心碎，可是一定要记得，找些能够给你温暖的朋友，看些能够给你温暖的书或者电影，做些能够让自己感受到温暖的事情。

　这是我们抵御外界冷漠和残酷的一种方式，就像是在全世界的黑暗里，突然燃起的一簇火柴的光亮，变成你眼睛里的一个小小光点，这些温暖，让我们能够有力量，在模糊中前行，直到一切变得清晰和明亮。

　一定要相信，我们可以把自己的生活，过成最好的样子。

图书在版编目（CIP）数据

人生电影院 / 吴大伟著. — 长沙：湖南文艺出版社，2017.8
ISBN 978-7-5404-8215-2

Ⅰ.①人… Ⅱ.①吴… Ⅲ.①故事—作品集—中国—当代 Ⅳ.①I247.81

中国版本图书馆CIP数据核字（2017）第164791号

上架建议：励志·青春文学

RENSHENG DIANYINGYUAN
人生电影院

作　　者：吴大伟
出 版 人：曾赛丰
责任编辑：薛　健　刘诗哲
监　　制：毛闽峰　赵　萌　李　娜
特约策划：李　颖
特约编辑：张明慧
营销编辑：田安琪　杨　帆　周怡文
摄　　影：孔　维
封面设计：梁秋晨
版式设计：利　锐
出版发行：湖南文艺出版社
　　　　　（长沙市雨花区东二环一段508号　邮编：410014）
网　　址：www.hnwy.net
印　　刷：北京中科印刷有限公司
经　　销：新华书店
开　　本：880mm×1230mm　1/32
字　　数：175千字
印　　张：9
版　　次：2017年8月第1版
印　　次：2017年8月第1次印刷
书　　号：ISBN 978-7-5404-8215-2
定　　价：39.80 元

质量监督电话：010-59096394
团购电话：010-59320018